Œuvres & thèmes

Collection dirigée par Hélène Potelet et Georges Décote

Victor Hugo

Les Misérables

Volume II
Extraits des 3e, 4e et 5e parties

Marius et Gavroche

Laurence Champeymond-Decobert
certifiée de lettres modernes

ISBN 2-218-74331-0
ISSN 0184 0851

HATIER

Gavroche

L'air du temps

Les Misérables

Entre 1845 et 1848, puis de 1860 à 1862, Victor Hugo compose *Les Misérables*. Le roman paraît en 1862, durant l'exil de l'auteur, et connaît un grand succès populaire.

La révolution de 1848 aboutit à la proclamation de la Deuxième République, présidée par Louis-Napoléon Bonaparte. Le 2 décembre 1851, ce dernier renverse l'État, se proclame empereur et instaure le Second Empire.

À la même époque...

- En 1848, paraît le *Manifeste du Parti communiste* de Marx et Engels. L'exploitation des ouvriers par la bourgeoisie y est dénoncée, et un programme révolutionnaire proposé.
- Gustave Flaubert publie *Salammbô*, Leconte de Lisle les *Poèmes barbares* (1862).
- Le tableau de Manet *Le Déjeuner sur l'herbe* fait scandale (1863).

Sommaire

Introduction

Victor Hugo (1802-1885)

Un jeune écrivain romantique

Né à Besançon en 1802 d'un père bonapartiste qui deviendra général d'Empire, et d'une mère royaliste et catholique, Victor Hugo connaît une enfance assombrie par l'instabilité géographique résultant de la profession de son père et par la mésentente de ses parents qui aboutit à leur séparation. Le jeune Victor vivra alors seul avec sa mère et ses frères aînés, Abel et Eugène, à Paris, dans des conditions de relative modestie.

La poésie le passionne; il participe à des concours qui lui valent l'admiration du monde littéraire. Au départ, il épouse les idées monarchistes maternelles, qui transparaissent dans les *Odes* (1822) qui deviendront les *Odes et Ballades* (1828), mais dès son mariage, en 1822, avec Adèle Foucher, dont il aura cinq enfants, il se rapproche peu à peu des idées de son père. Il amorce une carrière de romancier avec *Han d'Islande* (1823) et *Bug-Jargal* (1826).

Il fréquente assidûment les milieux littéraires et devient le chef de file d'un groupe de jeunes écrivains révoltés, qui luttent pour la liberté de l'art en s'affranchissant de la doctrine classique et qui placent l'expression des sentiments au centre de leur inspiration : les romantiques. Au théâtre, Hugo définit de nouvelles règles dramatiques dans la Préface de son drame, *Cromwell* (1827). En 1830, sa pièce *Hernani* déclenche une véritable bataille entre Romantiques et partisans des Classiques. Son recueil poétique, *Les Orientales* (1829), témoigne d'un choix nouveau d'inspiration et de forme.

Un écrivain engagé

Entre 1830 et 1840, Hugo publie un grand roman historique, *Notre-Dame de Paris*, plusieurs drames, dont *Ruy Blas*, et surtout quatre recueils poétiques, *Les Feuilles d'automne*, *Les Chants du crépuscule*, *Les Voix intérieures* et *Les Rayons et les Ombres*, qui le consacrent comme le grand écrivain de sa génération. Il rencontre la comédienne Juliette Drouet, avec laquelle il vivra une liaison passionnée d'un demi-siècle. Parallèlement à l'écriture, il s'engage dans la vie politique. D'abord royaliste, il soutient la Monarchie de Juillet (1830-1848) et le roi Louis-Philippe. Il entre à l'Académie Française et devient pair de France.
Mais la douleur côtoie le succès. Sa fille Léopoldine se noie avec son époux lors d'une promenade en barque sur la Seine. Hugo ne publie rien pendant dix ans, mais dès 1845, il s'attelle à la rédaction d'un roman, qui deviendra *Les Misérables*. Il s'intéresse aux conditions de vie des détenus, visite le bagne de Toulon, les caves de Lille où il constate l'immense misère des ouvriers. Après l'abdication du roi, durant la Deuxième République, élu député, il soutient le prince-président Louis-Napoléon Bonaparte, neveu de Napoléon Ier. Il finit par s'en détourner pour se rapprocher de la gauche républicaine. Il milite contre la déportation, contre le travail des enfants, pour l'instruction obligatoire, le suffrage universel, la liberté de la presse. Il s'élève également contre la peine de mort, ce qu'il avait déjà fait en 1929 dans son roman *Le Dernier Jour d'un condamné*.
Lorsque Louis-Napoléon Bonaparte renverse l'État le 2 décembre 1851, les insurrections se multiplient. Hugo encourage le peuple à la résistance. Menacé d'arrestation, il se réfugie à Bruxelles où il écrit un pamphlet particulièrement virulent : *Napoléon le petit*. Il doit alors quitter la Belgique et est exilé à Jersey, puis à Guernesey.

L'exil et la consécration

L'exil de l'écrivain durera pendant tout le Second Empire (1851-1870). Il acquiert l'auréole du « proscrit », tenant tête au tyran, refusant de céder à la tentation de rentrer en France après l'amnistie décrétée par Napoléon III. Il ridiculise ce dernier dans un recueil poétique : *Les Châtiments* (1853).

L'exil mûrit la pensée d'Hugo en même temps qu'il lui confère une dimension mythique. Seul, il médite face à l'océan dont le spectacle inspirera ses dessins et son écriture, notamment dans *Les Travailleurs de la mer* (1866). Il fait l'expérience du spiritisme, croit à l'existence d'esprits de l'au-delà avec lesquels on peut entrer en communication en faisant tourner des tables. *Les Contemplations* (1856) se font l'écho de ce dialogue avec la mort.
Habité par l'idée qu'il doit accomplir une mission prophétique en guidant le peuple vers la lumière, il publie *La Légende des siècles* (1859), début d'une épopée de l'humanité, et *Les Misérables* (1862) dont il reprend, en 1860, dans sa maison de Hauteville-House, la rédaction interrompue en 1848.
En 1870, le Second Empire s'effondre. Hugo rentre à Paris. Il publie un roman historique, *Quatre-Vingt-Treize* (1873) et un recueil poétique : *L'Art d'être grand-père* (1877). La fin de sa vie est marquée par la mort de ses deux fils et de Juliette Drouet. Le jour de ses quatre-vingts ans est l'occasion d'un hommage populaire à celui qui est considéré comme un symbole de la République. Il meurt en 1885, avec pour dernière volonté d'être transporté dans le corbillard des pauvres. Ses funérailles sont nationales. Il est inhumé au Panthéon.

Les Misérables

Les Misérables, d'abord intitulés *Les Misères*, sont pour Victor Hugo l'« un des principaux sommets, sinon le principal de [son] œuvre ». Ce roman fleuve, qui relève à la fois du roman historique, de l'épopée sociale, du roman policier, du roman noir, et qui offre des scènes pathétiques, tragiques, comiques, sentimentales, concentre les idées d'Hugo sur sa vision de l'homme et du monde et est, à lui seul, une tribune où l'auteur défend les combats qu'il a menés durant toute sa vie. Œuvre de dénonciation, elle est aussi une méditation philosophique et religieuse sur le pourquoi du Mal, et sur la seule arme pour le vaincre : l'amour.

Résumé des 1re et 2e parties des *Misérables* (voir Classiques Hatier, volume I)

• **Un soir d'octobre 1815**, Jean Valjean, un forçat qui vient d'être libéré du bagne de Toulon où il a purgé une peine de dix-neuf ans pour avoir dérobé un pain, arrive à Digne. M. Myriel, l'évêque de la ville, un homme profondément humain, lui ouvre sa porte et lui offre le gîte. Il l'invite à se restaurer et fait disposer sur la table six couverts d'argent et deux chandeliers. Dans la nuit, Jean Valjean dérobe l'argenterie et se sauve. Repris par les gendarmes, il est conduit chez l'évêque qui l'innocente et lui fait don de ses chandeliers, l'invitant à consacrer cet argent à faire le bien. L'ancien forçat quitte Digne. Sur son chemin, il croise un petit ramoneur, à qui il vole une pièce de quarante sous; rapidement il se repent sincèrement de son acte.

• **En 1817**, à Paris, une jeune femme nommée Fantine est séduite et abandonnée par un étudiant. Réduite à élever seule l'enfant illégitime née de cette liaison, la petite Cosette, elle décide de quitter Paris pour aller travailler à Montreuil-sur-Mer. Sur la route, elle fait connaissance avec des aubergistes, les Thénardier, à qui elle confie sa fille. Arrivée à destination, elle trouve du travail comme ouvrière dans la fabrique d'un certain M. Madeleine, venu s'établir à Montreuil-sur-Mer en 1815. M. Madeleine, qui multiplie les bonnes actions et met sa fortune personnelle au service de ses concitoyens, devient maire. Mais Javert, l'inspecteur de Police, se méfie de lui : il croit avoir reconnu l'ancien forçat Jean Valjean, qu'il poursuit pour avoir dérobé quarante sous à un jeune ramoneur.

Fantine, quant à elle, finit par susciter des jalousies. Une commère découvre l'existence de Cosette : la jeune femme est chassée de son emploi.

Pendant ce temps, Cosette endure un véritable martyre chez les Thénardier : battue, habillée de loques, elle devient la servante de ce couple monstrueux dont l'unique intérêt est l'argent.

Fantine ne trouve pas de travail ; elle ne peut plus payer la pension que les aubergistes lui réclament et qu'ils augmentent abusivement.

Elle vend ses cheveux, ses dents, puis finit par se prostituer pour nourrir sa fille. Sa santé se dégrade. Un soir où il a neigé, un bourgeois désœuvré l'insulte : elle se rue sur lui, mais est immédiatement arrêtée par Javert. Survient M. Madeleine qui la fait libérer, la prend sous sa protection et la fait soigner. Il lui promet d'aller chercher Cosette.
Javert informe M. Madeleine qu'un certain Jean Valjean, va être jugé à Arras. Récidiviste, il risque le bagne à perpétuité. Après un douloureux débat intérieur, M. Madeleine ne peut se résoudre à laisser condamner un innocent : il se présente au procès, se dénonce comme étant Jean Valjean et se tient à la disposition de la police. Il rentre à Montreuil-sur-Mer et se rend au chevet de Fantine, dont l'état de santé a empiré. Javert arrête Jean Valjean ; la jeune femme ne résiste pas à cette dernière épreuve.

• **À Montfermeil, de nuit**, Cosette doit se rendre dans la forêt puiser de l'eau à la source. Elle croise le chemin d'un inconnu qui la raccompagne à la gargote des Thénardier. Il s'installe à l'auberge et est témoin du supplice de l'enfant. C'est la nuit de Noël, il lui offre une magnifique poupée et glisse dans son sabot un louis d'or. Le lendemain, moyennant une forte somme d'argent, il la sauve des Thénardier en l'emmenant avec lui.
Cet inconnu n'est autre que Jean Valjean : arrêté et condamné aux travaux forcés à perpétuité suite à l'affaire Champmathieu, il est retourné au bagne de Toulon, duquel il a réussi à s'évader. Depuis, il veut accomplir la promesse faite à Fantine : prendre en charge Cosette et la rendre heureuse.
Jean Valjean et la fillette arrivent à Paris. Tous deux trouvent refuge dans une maison isolée, la masure Gorbeau, afin de ne pas attirer l'attention. Cependant Javert n'a pas perdu la trace de l'ancien forçat. Une traque s'en suit dans le labyrinthe des rues de Paris. Jean Valjean parvient à échapper à Javert en escaladant le mur du jardin du couvent du Petit-Picpus. Il retrouve le Père Fauchelevent à qui il a jadis sauvé la vie. Ce dernier le fait passer pour son frère auprès de la mère supérieure : Jean Valjean s'appelle désormais Ultime Fauchelevent et devient aide-jardinier. L'éducation de Cosette est confiée aux religieuses. Plusieurs années s'écoulent, dans la paix et le bonheur.

Victor Hugo

Les Misérables

Volume II
Extraits des 3e, 4e et 5e parties

Willette (1857-1926)
Gavroche ramassant des cartouches, peinture, collection particulière.

Extrait 1

« C'était un de ces enfants dignes de pitié entre tous... »

XIII. Le petit Gavroche

Huit ou neuf ans environ après les événements racontés dans la deuxième partie de cette histoire[1], on remarquait sur le boulevard du Temple et dans les régions du Château-d'Eau un petit garçon de onze à douze ans qui eût assez correctement réalisé cet idéal du gamin ébauché plus haut[2], si, avec le rire de son âge sur les lèvres, il n'eût pas eu le cœur absolument sombre et vide. Cet enfant était bien affublé d'un pantalon d'homme, mais il ne le tenait pas de son père, et d'une camisole[3] de femme, mais il ne la tenait pas de sa mère. Des gens quelconques l'avaient habillé de chiffons par charité. Pourtant il avait un père et une mère. Mais son père ne songeait pas à lui et sa mère ne l'aimait point. C'était un de ces enfants dignes de pitié entre tous qui ont père et mère et qui sont orphelins.

Cet enfant ne se sentait jamais si bien que dans la rue. Le pavé lui était moins dur que le cœur de sa mère.

Ses parents l'avaient jeté dans la vie d'un coup de pied. Il avait tout bonnement pris sa volée.

C'était un garçon bruyant, blême, leste[4], éveillé, goguenard[5], à l'air vivace et maladif. Il allait, venait, chantait, jouait à

1. Voir résumé, p. 7-8.
2. Évoqué dans un chapitre précédent.
3. Vêtement court porté sur une chemise.
4. Vif.
5. Moqueur.

la fayousse[6], grattait les ruisseaux, volait un peu, mais comme les chats et les passereaux[7], gaîment, riait quand on l'appelait galopin, se fâchait quand on l'appelait voyou. Il n'avait pas de gîte, pas de pain, pas de feu, pas d'amour ; mais il était joyeux parce qu'il était libre.

Quand ces pauvres êtres sont hommes, presque toujours la meule de l'ordre social les rencontre et les broie, mais tant qu'ils sont enfants, ils échappent, étant petits. Le moindre trou les sauve.

Pourtant, si abandonné que fût cet enfant, il arrivait parfois, tous les deux ou trois mois, qu'il disait : « Tiens, je vais voir maman ! » Alors il quittait le boulevard, le Cirque, la Porte Saint-Martin, descendait aux quais, passait les ponts, gagnait les faubourgs, atteignait la Salpêtrière, et arrivait où ? Précisément à ce double numéro 50-52 que le lecteur connaît, à la masure[8] Gorbeau.

À cette époque, la masure 50-52, habituellement déserte et éternellement décorée de l'écriteau : « Chambres à louer », se trouvait, chose rare, habitée par plusieurs individus qui, du reste, comme cela est toujours à Paris, n'avaient aucun lien ni aucun rapport entre eux. Tous appartenaient à cette classe indigente[9] qui commence à partir du dernier petit bourgeois gêné et qui se prolonge de misère en misère dans les bas-fonds de la société jusqu'à ces deux êtres auxquels toutes les choses matérielles de la civilisation viennent aboutir, l'égoutier qui balaye la boue et le chiffonnier qui ramasse les guenilles[10].

La « principale locataire » du temps de Jean Valjean était morte et avait été remplacée par une toute pareille. Je ne sais quel philosophe a dit : On ne manque jamais de vieilles femmes.

6. Jeu d'adresse avec des pièces de monnaie.
7. Moineaux.
8. Petite habitation misérable.
9. Très pauvre.
10. Vêtements usés, déchirés.

Cette nouvelle vieille s'appelait madame Burgon, et n'avait rien de remarquable dans sa vie qu'une dynastie de trois perroquets, lesquels avaient successivement régné sur son âme.

Les plus misérables entre ceux qui habitaient la masure étaient une famille de quatre personnes, le père, la mère et deux filles déjà assez grandes, tous les quatre logés dans le même galetas[11], une de ces cellules[12] dont nous avons déjà parlé.

Cette famille n'offrait au premier abord rien de très particulier que son extrême dénûment ; le père en louant la chambre avait dit s'appeler Jondrette. Quelque temps après son emménagement qui avait singulièrement ressemblé, pour emprunter l'expression mémorable de la principale locataire, à *l'entrée de rien du tout*, ce Jondrette avait dit à cette femme qui, comme sa devancière[13], était en même temps portière et balayait l'escalier : – Mère une telle, si quelqu'un venait par hasard demander un Polonais ou un Italien, ou peut-être un Espagnol, ce serait moi.

Cette famille était la famille du joyeux petit va-nu-pieds. Il y arrivait, et il trouvait la pauvreté, la détresse, et, ce qui est plus triste, aucun sourire ; le froid dans l'âtre et le froid dans les cœurs. Quand il entrait, on lui demandait : – D'où viens-tu ? Il répondait : – De la rue. Quand il s'en allait, on lui demandait : – Où vas-tu ? Il répondait : – Dans la rue. Sa mère lui disait : – Qu'est-ce que tu viens faire ici ?

Cet enfant vivait dans cette absence d'affection comme ces herbes pâles qui viennent dans les caves. Il ne souffrait pas d'être ainsi et n'en voulait à personne. Il ne savait pas au juste comment devaient être un père et une mère.

Du reste sa mère aimait ses sœurs.

11. Logement misérable.
12. Petites chambres.
13. Comme la personne qui l'avait précédée.

Nous avons oublié de dire que sur le boulevard du Temple on nommait cet enfant le petit Gavroche. Pourquoi s'appelait-il Gavroche ? Probablement parce que son père s'appelait Jondrette.

Casser le fil semble être l'instinct de certaines familles misérables.

La chambre que les Jondrette habitaient dans la masure Gorbeau était la dernière au bout du corridor. La cellule d'à côté était occupée par un jeune homme très pauvre qu'on nommait monsieur Marius.

Disons ce que c'était que monsieur Marius.

Troisième partie « Marius », Livre premier,
« Paris étudié dans son atome », extrait du chapitre XIII.

Gavroche rêveur, encre de Chine. Paris, musée Victor Hugo.

Repérer et analyser

L'auteur et le narrateur

L'auteur est la personne réelle qui a écrit le texte. Le narrateur est celui qui a la charge de raconter l'histoire. Identifier le statut du narrateur, c'est dire s'il est ou non personnage de l'histoire :
– s'il est personnage de l'histoire, il mène le récit à la première personne du singulier ;
– s'il ne l'est pas, il mène le récit à la troisième personne. Il peut toutefois intervenir dans le récit de façon explicite par des commentaires à la première personne (« je » ou « nous »), ou de façon implicite, en manifestant alors sa présence au travers d'indices (pronom indéfini « on », présence d'un lexique valorisant ou dévalorisant, adverbes modalisateurs tels que « sans doute »…).
Il arrive que le narrateur simule un dialogue avec le lecteur qu'il désigne par « tu » ou « vous ». Le narrateur peut par là exprimer son étonnement, son indignation, fournir une information… tout en prenant le lecteur à témoin.

1 Identifiez le statut du narrateur. Justifiez votre réponse.

2 **a.** Relevez le pronom personnel qui, au début de l'extrait, signale la présence du narrateur.
b. Quel autre pronom personnel le narrateur utilise-t-il par la suite pour se désigner ?
c. « Pourquoi s'appelait-il Gavroche ? Probablement parce que son père s'appelait Jondrette. » (l. 82 à 84). Le narrateur est-il sûr ou non de ce qu'il avance ? Appuyez-vous sur l'adverbe modalisateur que vous relèverez.

3 **a.** Relevez les expressions par lesquelles le narrateur se réfère à des passages antérieurs du roman connus du lecteur. Quel est l'effet produit par ce type d'interventions ?
b. Relevez deux passages dans lesquels le narrateur pose une question et y apporte une réponse. Quel est l'intérêt de ce procédé ?

4 **a.** Quel est le sens du commentaire du narrateur (l. 26 à 29) ?
b. Identifiez la valeur du présent utilisé.

Le point de vue

– Identifier le point de vue, c'est dire sous quel angle le narrateur raconte (point de vue narratif) ou donne à voir (point de vue descriptif).
Le narrateur peut adopter un point de vue :
– omniscient : il témoigne d'une connaissance parfaite des lieux, du temps, des circonstances, des sentiments et pensées des personnages, de leur passé... ;
– interne : il limite l'information et la vision à ce que sait, pense ou voit un personnage ;
– externe : il limite l'information à ce que pourrait voir un témoin extérieur, comme une caméra.
Dans un même extrait, le point de vue peut varier : le narrateur peut passer du point de vue omniscient au point de vue interne par exemple.

5 **a.** Montrez, en vous appuyant sur des indices précis, que le narrateur adopte un point de vue omniscient.
b. Quel est l'intérêt du choix de ce point de vue pour le lecteur ?

Le cadre spatio-temporel

6 **a.** À quelle époque l'action se déroule-t-elle (aidez-vous du résumé p. 7-8) ?
b. Quelle ville sert de cadre aux événements racontés ? Justifiez.
c. Quel lieu très précisément évoqué est déjà connu du lecteur ?

Le personnage de Gavroche

Le nom du personnage

Le nom fonde l'identité d'un personnage. Lorsque les personnages sont de condition sociale indigente, ils portent souvent un simple prénom : il ne leur est pas transmis de véritable patronyme (nom du père), symbole d'un passé qu'il convient d'oublier.

7 Pourquoi le père de Gavroche n'a-t-il pas transmis à son fils de patronyme ? Justifiez votre réponse en citant le texte.

Le portrait

8 Quel est l'âge de Gavroche ? Où vit-il (l. 1 à 16) ?
9 **a.** Quelle image est donnée de Gavroche ? Pour répondre :
– appuyez-vous sur les mots et expressions qui désignent Gavroche et sur les adjectifs qui le caractérisent (l. 19 à 25) ;

– relevez les mots et expressions qui traduisent sa misère affective (l. 1 à 14, 30 à 36 et 76 à 80).

b. L'accumulation

L'accumulation est une figure de style qui consiste à énoncer une longue série de termes de même nature et de même fonction grammaticale.

Relevez les accumulations verbales (l. 19 à 25).

c. Les comparaisons

La comparaison met en relation deux éléments, le comparé (élément que l'on compare) et le comparant (l'élément auquel on compare) à l'aide d'un outil de comparaison (« comme », « ressembler à »...). Exemple : la neige (comparé) ressemble à des papillons blancs (comparant) ; élément commun : couleur, mouvement.

Relevez et analysez les comparaisons qui se réfèrent à Gavroche.

Les autres personnages

10 Quel personnage, déjà connu du lecteur, a habité la masure Gorbeau ? Retracez rapidement son parcours.

11 **a.** Quels personnages composent la famille qui habite la masure ? Quel est leur lien avec Gavroche ?

b. Relevez, lignes 54 à 72 les mots et expressions qui appartiennent au champ lexical de la pauvreté. En quoi la présence de ce champ lexical est-elle porteuse de sens ?

c. Quelle image est donnée de Jondrette à travers sa réplique (l. 66 à 68) ?

d. Quel est le dernier personnage évoqué qui habite la masure ?

La visée

Identifier la visée d'un énoncé, c'est identifier l'effet qu'un énonciateur cherche à produire chez son destinataire (faire rire, faire peur, émouvoir, convaincre...).

12 Pourquoi Gavroche est-il un « misérable » ? Précisez le sens de ce mot.

13 **a.** Quelle émotion le narrateur cherche-t-il à susciter chez le lecteur à travers l'évocation de Gavroche ?

b. Le narrateur a-t-il de la sympathie pour le personnage de Gavroche ? Quelle est la position de Hugo face à l'enfance malheureuse ?

Extrait 2

« Ce fut un étrange éclair. »

Marius est encore un enfant lorsqu'il perd sa mère. Il est élevé par son grand-père maternel, M.Gillenormand, un grand bourgeois profondément royaliste qui a éloigné son petit-fils de son père, le baron Pontmercy, colonel d'Empire. Lors du décès de ce dernier, Marius apprend que celui-ci n'a jamais cessé de l'aimer mais qu'il a dû se résoudre à l'abandonner à M. Gillenormand, avec qui il vivait un conflit idéologique irréductible. Le jeune homme admire ce père héroïque qui a suivi Napoléon sur les champs de bataille de l'Europe, et que l'empereur a anobli.

Bouleversé par cette révélation, Marius rompt avec son grand-père et s'installe dans la masure Gorbeau, autrefois occupée par Jean Valjean et Cosette. Il poursuit des études de droit dans une situation de grande pauvreté. Il fréquente le cabaret « Corinthe », où il se joint aux « Amis de l'ABC », groupe d'étudiants républicains, politisés et soucieux d'évolution sociale. Parmi eux figurent Enjolras, le meneur, Combeferre, le philosophe, Jean Prouvaire, Feuilly, Courfeyrac, Bahorel, Joly, Lègle surnommé « Bossuet », et Grantaire.

I. Le sobriquet[1] : mode de formation des noms de famille

Marius à cette époque était un beau jeune homme de moyenne taille, avec d'épais cheveux très noirs, un front haut et intelligent, les narines ouvertes et passionnées, l'air sincère et calme, et sur tout son visage je ne sais quoi qui était hautain[2],

1. Surnom familier.

2. Fier.

pensif et innocent. Son profil, dont toutes les lignes étaient arrondies sans cesser d'être fermes, avait cette douceur germanique qui a pénétré dans la physionomie française par l'Alsace et la Lorraine, et cette absence complète d'angles qui rendait les Sicambres[3] si reconnaissables parmi les Romains et qui distingue la race léonine[4] de la race aquiline[5]. Il était à cette saison de la vie où l'esprit des hommes qui pensent se compose, presque à proportions égales, de profondeur et de naïveté. Une situation grave étant donnée, il avait tout ce qu'il fallait pour être stupide ; un tour de clef de plus, il pouvait être sublime. Ses façons étaient réservées, froides, polies, peu ouvertes. Comme sa bouche était charmante, ses lèvres les plus vermeilles et ses dents les plus blanches du monde, son sourire corrigeait ce que toute sa physionomie avait de sévère. À de certains moments, c'était un singulier contraste que le front chaste et ce sourire voluptueux. Il avait l'œil petit et le regard grand.

[...]

Jean Valjean et Cosette ont quitté le couvent du Petit-Picpus (voir tome 1) ; ils demeurent dans un faubourg de Paris, puis dans les environs du jardin du Luxembourg. Cosette est presque une jeune fille ; tous les jours, accompagnée de Jean Valjean, elle se promène dans les allées du jardin. Marius fréquente lui aussi cet endroit.

Depuis plus d'un an, Marius remarquait dans une allée déserte du Luxembourg, l'allée qui longe le parapet de la Pépinière, un homme et une toute jeune fille presque toujours assis côte à côte sur le même banc, à l'extrémité la plus solitaire de l'allée, du côté de la rue de l'Ouest. Chaque fois que

3. Peuple germanique de l'Antiquité soumis par les Romains.

4. Dont les traits rappellent ceux du lion.

5. Dont le nez est courbé en bec d'aigle.

ce hasard qui se mêle aux promenades des gens dont l'œil est retourné en dedans amenait Marius dans cette allée, et c'était presque tous les jours, il y retrouvait ce couple. L'homme pouvait avoir une soixantaine d'années, il paraissait triste et sérieux ; toute sa personne offrait cet aspect robuste et fatigué des gens de guerre retirés du service. S'il avait eu une décoration, Marius eût dit : c'est un ancien officier. Il avait l'air bon, mais inabordable, et il n'arrêtait jamais son regard sur le regard de personne. Il portait un pantalon bleu, une redingote bleue et un chapeau à bords larges, qui paraissaient toujours neufs, une cravate noire et une chemise de quaker[6], c'est-à-dire, éclatante de blancheur, mais de grosse toile. Une grisette[7] passant un jour près de lui, dit : Voilà un veuf fort propre. Il avait les cheveux très blancs.

La première fois que la jeune fille qui l'accompagnait vint s'asseoir avec lui sur le banc qu'ils semblaient avoir adopté, c'était une façon de fille[8] de treize ou quatorze ans, maigre, au point d'en être presque laide, gauche[9], insignifiante, et qui promettait peut-être d'avoir d'assez beaux yeux. Seulement ils étaient toujours levés avec une sorte d'assurance déplaisante. Elle avait cette mise[10] à la fois vieille et enfantine des pensionnaires de couvent ; une robe mal coupée de gros mérinos[11] noir. Ils avaient l'air du père et de la fille.

Marius examina pendant deux ou trois jours cet homme vieux qui n'était pas encore un vieillard et cette petite fille qui n'était pas encore une personne, puis il n'y fit plus aucune attention. Eux de leur côté semblaient ne pas même le voir. Ils causaient entre eux d'un air paisible et indifférent. La fille jasait sans cesse, et gaîment. Le vieux homme parlait peu, et, par instants, il attachait sur elle des yeux remplis d'une ineffable[12] paternité.

6. Membre d'une congrégation religieuse réputée austère.
7. Ouvrière coquette.
8. Apparence de fille.
9. Sans grâce, maladroite.
10. Habillement.
11. Tissu de laine.
12. Inexprimable.

Marius avait pris l'habitude machinale de se promener dans cette allée. Il les y retrouvait invariablement.

[...]

Ce personnage et cette jeune fille, quoiqu'ils parussent et peut-être parce qu'ils paraissaient éviter les regards, avaient naturellement quelque peu éveillé l'attention des cinq ou six étudiants qui se promenaient de temps en temps le long de la Pépinière, les studieux après leurs cours, les autres après leur partie de billard. Courfeyrac[13], qui était des derniers, les avait observés quelque temps, mais trouvant la fille laide, il s'en était bien vite et soigneusement écarté. Il s'était enfui comme un Parthe[14] en leur décochant un sobriquet. Frappé uniquement de la robe de la petite et des cheveux du vieux, il avait appelé la fille *mademoiselle Lanoire* et le père *monsieur Leblanc*, si bien que, personne ne les connaissant d'ailleurs, en l'absence du nom, le surnom avait fait loi. Les étudiants disaient : – Ah ! monsieur Leblanc est à son banc ! et Marius, comme les autres, avait trouvé commode d'appeler ce monsieur inconnu M. Leblanc.

Nous ferons comme eux, et nous dirons M. Leblanc pour la facilité de ce récit.

II. « Lux facta Est »[15]

La seconde année, précisément au point de cette histoire où le lecteur est parvenu, il arriva que cette habitude du Luxembourg s'interrompit, sans que Marius sût trop pourquoi lui-même, et qu'il fut près de six mois sans mettre les pieds dans son allée. Un jour enfin il y retourna. C'était par une sereine matinée d'été, Marius était joyeux comme on l'est quand il fait beau. Il lui semblait qu'il avait dans le cœur tous

13. Étudiant, ami de Marius.

14. Peuple antique de guerriers, fier face à la défaite.

15. « La lumière fut » (*Genèse*, I, 3).

les chants d'oiseaux qu'il entendait et tous les morceaux du ciel bleu qu'il voyait à travers les feuilles des arbres.

Il alla droit à « son allée », et, quand il fut au bout, il aperçut, toujours sur le même banc, ce couple connu. Seulement, quand il approcha, c'était bien le même homme ; mais il parut que ce n'était pas la même fille. La personne qu'il voyait maintenant était une grande et belle créature ayant toutes les formes les plus charmantes de femme à ce moment précis où elles se combinent encore avec toutes les grâces les plus naïves de l'enfant ; moment fugitif et pur que peuvent seuls traduire ces deux mots : quinze ans. C'étaient d'admirables cheveux châtains nuancés de veines dorées, un front qui semblait fait de marbre, des joues qui semblaient faites d'une feuille de rose, un incarnat[16] pâle, une blancheur émue, une bouche exquise d'où le sourire sortait comme une clarté et la parole comme une musique, une tête que Raphaël[17] eût donnée à Marie posée sur un cou que Jean Goujon[18] eût donné à Vénus. Et, afin que rien ne manquât à cette ravissante figure, le nez n'était pas beau, il était joli ; ni droit ni courbé, ni italien ni grec ; c'était le nez parisien ; c'est-à-dire quelque chose de spirituel, de fin, d'irrégulier et de pur, qui désespère les peintres et qui charme les poètes.

Quand Marius passa près d'elle, il ne put voir ses yeux qui étaient constamment baissés. Il ne vit que ses longs cils châtains pénétrés d'ombre et de pudeur.

Cela n'empêchait pas la belle enfant de sourire tout en écoutant l'homme à cheveux blancs qui lui parlait, et rien n'était ravissant comme ce frais sourire avec des yeux baissés.

Dans le premier moment, Marius pensa que c'était une autre fille du même homme, une sœur sans doute de la première. Mais, quand l'invariable habitude de la promenade le ramena

16. Rouge clair et vif.
17. Peintre italien (1483-1520).
18. Sculpteur français de la Renaissance.

G. Jeanniot : illustration pour *Les Misérables*, XIXe siècle.

pour la seconde fois près du banc, et qu'il l'eut examinée avec attention, il reconnut que c'était la même. En six mois la petite fille était devenue jeune fille ; voilà tout. Rien n'est plus fréquent que ce phénomène. Il y a un instant où les filles s'épanouissent en un clin d'œil et deviennent des roses tout à coup. Hier on les a laissées enfants, aujourd'hui on les retrouve inquiétantes.

Celle-ci n'avait pas seulement grandi, elle s'était idéalisée. Comme trois jours en avril suffisent à certains arbres pour se couvrir de fleurs, six mois lui avaient suffi pour se vêtir de beauté. Son avril à elle était venu.

On voit quelquefois des gens qui, pauvres et mesquins, semblent se réveiller, passent subitement de l'indigence[19] au faste[20], font des dépenses de toutes sortes, et deviennent tout à coup éclatants, prodigues[21] et magnifiques. Cela tient à une rente[22] empochée ; il y a eu échéance[23] hier. La jeune fille avait touché son semestre.

Et puis ce n'était plus la pensionnaire avec son chapeau de peluche, sa robe de mérinos, ses souliers d'écolier et ses mains rouges ; le goût lui était venu avec la beauté ; c'était une personne bien mise avec une sorte d'élégance simple et riche et sans manière. Elle avait une robe de damas[24] noir, un camail[25] de même étoffe et un chapeau de crêpe[26] blanc. Ses gants blancs montraient la finesse de sa main qui jouait avec le manche d'une ombrelle en ivoire chinois, et son brodequin[27] de soie dessinait la petitesse de son pied. Quand on passait près d'elle, toute sa toilette exhalait un parfum jeune et pénétrant.

Quant à l'homme, il était toujours le même.

19. Extrême pauvreté.
20. Luxe.
21. Dépensiers.
22. Revenu régulier que l'on tire d'un bien.
23. Date à laquelle un paiement vient à exécution.
24. Tissu à dessins satinés sur un fond mat.
25. Petite cape.
26. Tissu léger de soie et de laine fine.
27. Chaussure montante.

La seconde fois que Marius arriva près d'elle, la jeune fille leva les paupières. Ses yeux étaient d'un bleu céleste et profond, mais dans cet azur voilé il n'y avait encore que le regard d'un enfant. Elle regarda Marius avec indifférence, comme elle eût regardé le marmot[28] qui courait sous les sycomores[29], ou le vase de marbre qui faisait de l'ombre sur le banc ; et Marius de son côté continua sa promenade en pensant à autre chose.

[...]

III. Effet de printemps

Un jour, l'air était tiède, le Luxembourg était inondé d'ombre et de soleil, le ciel était pur comme si les anges l'eussent lavé le matin, les passereaux poussaient de petits cris dans les profondeurs des marronniers, Marius avait ouvert toute son âme à la nature, il ne pensait à rien, il vivait et il respirait, il passa près de ce banc, la jeune fille leva les yeux sur lui, leurs deux regards se rencontrèrent.

Qu'y avait-il cette fois dans le regard de la jeune fille ? Marius n'eût pu le dire. Il n'y avait rien et il y avait tout. Ce fut un étrange éclair.

Elle baissa les yeux, et il continua son chemin.

Ce qu'il venait de voir, ce n'était pas l'œil ingénu[30] et simple d'un enfant, c'était un gouffre mystérieux qui s'était entr'ouvert, puis brusquement refermé.

Il y a un jour où toute jeune fille regarde ainsi. Malheur à qui se trouve là !

Ce premier regard d'une âme qui ne se connaît pas encore est comme l'aube dans le ciel. C'est l'éveil de quelque chose de rayonnant et d'inconnu. Rien ne saurait rendre le charme

28. Petit garçon.
29. Arbres au branchage majestueux.
30. Naïf.

dangereux de cette lueur inattendue qui éclaire vaguement tout à coup d'adorables ténèbres et qui se compose de toute l'innocence du présent et de toute la passion de l'avenir. C'est une sorte de tendresse indécise qui se révèle au hasard et qui attend. C'est un piège que l'innocence tend à son insu[31] et où elle prend des cœurs sans le vouloir et sans le savoir. C'est une vierge qui regarde comme une femme.

Il est rare qu'une rêverie profonde ne naisse pas de ce regard là où il tombe. Toutes les puretés et toutes les ardeurs se concentrent dans ce rayon céleste et fatal qui, plus que les œillades[32] les mieux travaillées des coquettes, a le pouvoir magique de faire subitement éclore au fond d'une âme cette fleur sombre, pleine de parfums et de poisons, qu'on appelle l'amour.

Le soir, en rentrant dans son galetas[33], Marius jeta les yeux sur son vêtement, et s'aperçut pour la première fois qu'il avait la malpropreté, l'inconvenance[34] et la stupidité inouïe d'aller se promener au Luxembourg avec ses habits « de tous les jours », c'est-à-dire avec un chapeau cassé près de la ganse[35], de grosses bottes de roulier[36], un pantalon noir blanc aux genoux et un habit noir pâle aux coudes.

Troisième partie « Marius », Livre sixième, « La conjonction de deux étoiles », extraits des chapitres I, II et III.

31. Sans le savoir.
32. Clins d'œil.
33. Voir note 11, p. 12.
34. Incorrection.
35. Cordonnet ou ruban servant d'ornement.
36. Transporteur de marchandises.

Questions

Repérer et analyser

Le narrateur

1 Relevez un commentaire du narrateur (l. 61 à 78). Quelle information fournit-il ? Quel en est l'intérêt ?

2 Identifiez une autre intervention du narrateur (l. 79 à 87). Quel est l'effet produit ?

3 Relevez un passage dans lequel le narrateur pose une question et y apporte une réponse (l. 154 à 164). Quel est l'intérêt de ce procédé ?

L'action, le cadre et le rythme

4 Quels sont les personnages qui se rencontrent ?

5 Dans quel lieu les rencontres se déroulent-elles ? Justifiez.

6 **a.** À quelle saison l'amour naît-il ? Citez le texte.

b. En quoi l'atmosphère créée (l. 154 à 160) est-elle un prélude à l'amour ? Appuyez-vous notamment sur une comparaison.

7 Combien de temps s'écoule-t-il approximativement entre le début et la fin de l'extrait ? Appuyez-vous sur des indices précis.

Le portrait des personnages

L'homme

8 **a.** Pour quelle raison le narrateur désigne-t-il Jean Valjean par « l'homme » (l. 30) ? En quoi le point de vue adopté est-il un point de vue interne (voir la leçon, p. 15) ?

b. Relevez d'autres expressions qui montrent que le lecteur ne connaît que ce que Marius voit ou suppose de « l'homme » (l. 30 à 50).

9 **a.** Relevez les termes qui renvoient à l'aspect physique puis moral du personnage.

b. Relevez les éléments qui constituent sa tenue vestimentaire. Quelle image est donnée de lui ?

Marius

10 Montrez, en citant des indices précis, que Marius est présenté selon un point de vue omniscient.

11 **a.** Faites la liste des détails physiques qui constituent son portrait. Sur quelle partie de sa personne le narrateur s'attarde-t-il ?
b. Quels termes renvoient au caractère, puis aux manières de Marius ?
c. La description est-elle péjorative ou méliorative ?

La jeune fille

12 Relisez les lignes 42 à 50 puis 88 à 107.
a. Selon quel point de vue la jeune fille est-elle présentée ? Justifiez votre réponse.
b. Quelle image est donnée d'elle ? Pour répondre, relevez :
– les mots et expressions qui renvoient au physique de la jeune fille.
– les éléments qui constituent sa toilette vestimentaire.
– deux comparaisons (l. 88 à 107) qui se réfèrent à la jeune fille.

13 **a.** À quels personnages féminins de l'Antiquité et de la Bible la jeune fille est-elle apparentée ?
b. Quel est l'effet produit ?

14 Quelles phrases, mots et expressions traduisent la métamorphose de la jeune fille (l. 116 à 127 puis 134 à 144) ?

15 Quelle description est péjorative ? Quelle description est méliorative ?

La fonction et la visée des portraits

Dans un roman, la description peut avoir plusieurs fonctions : fonction narrative (présenter un personnage, construire une atmosphère, créer un effet d'attente ménageant une pause…), fonction explicative (expliquer le comportement d'un personnage), etc.

16 **a.** Quelle est la fonction de ces portraits dans le roman ?
b. Quelle image le narrateur donne-t-il de « l'homme », de Marius, de la jeune fille ?

Le thème de l'amour

L'expression du trouble amoureux

17 Quelles suppositions Marius émet-il quant au lien qui unit l'homme et la jeune fille ? Justifiez votre réponse.

18 **a.** Relevez les mots et expressions qui traduisent les réactions de Marius devant la métamorphose de la jeune fille.

b. Comment l'amour naît-il entre les deux jeunes gens ? Justifiez votre réponse.

c. Relevez les mots et expressions qui trahissent le trouble amoureux de Marius (l. 187 à 193).

Le motif du regard

C'est par le regard que naît la passion amoureuse, considérée souvent dans la littérature comme une blessure fatale.

19 **a.** Relevez, lignes 146 à 167, les mots et expressions qui renvoient au regard de la jeune fille.

b. Quelle expression, dans ces mêmes lignes, traduit l'idée du coup de foudre ?

c. Relevez, lignes 168 à 186, les expressions qui associent le regard à la lumière, puis toutes celles qui soulignent le caractère dangereux du regard.

La visée et les hypothèses de lecture

20 Quels indices vous ont permis d'identifier Cosette et Jean Valjean (voir le tome I dans la collection Œuvres et Thèmes) ?

21 Quelle image de l'amour naissant le narrateur donne-t-il dans ce passage ?

22 En quoi ce passage constitue-t-il une étape importante de l'action ? À quelle suite le lecteur peut-il s'attendre ?

Enquêter

Le peintre Raphaël

23 Faites des recherches sur le peintre italien Raphaël et sur ses principales œuvres picturales.

Extrait 3

« C'était Elle. »

Marius, qui est tombé amoureux de la jeune fille rencontrée au jardin du Luxembourg, se désespère, car la belle inconnue a brusquement disparu.

À la masure Gorbeau, il est intrigué par ses voisins, les Jondrette. Il profite d'un trou dans le mur de sa chambre pour regarder ce qui se passe de l'autre côté de la cloison…

VI. L'homme fauve au gîte

Les villes comme les forêts, ont leurs antres[1] où se cachent tout ce qu'elles ont de plus méchant et de plus redoutable. Seulement, dans les villes, ce qui se cache ainsi est féroce, immonde et petit, c'est-à-dire laid ; dans les forêts, ce qui se cache est féroce, sauvage et grand, c'est-à-dire beau. Repaires pour repaires, ceux des bêtes sont préférables à ceux des hommes. Les cavernes valent mieux que les bouges[2].

Ce que Marius voyait était un bouge.

Marius était pauvre et sa chambre était indigente[3] ; mais, de même que sa pauvreté était noble, son grenier était propre. Le taudis où son regard plongeait en ce moment était abject[4], sale, fétide, infect, ténébreux, sordide[5]. Pour tous meubles, une chaise de paille, une table infirme[6], quelques vieux tessons, et dans deux coins deux grabats[7] indescriptibles ; pour toute clarté, une fenêtre-mansarde à quatre carreaux, drapée de toiles d'araignée. Il venait par cette lucarne juste assez de jour pour qu'une face d'homme parût une face de fantôme.

1. Cavernes, grottes.
2. Logement misérable et sale.
3. Voir note 9, p. 11.
4. Répugnant.
5. Repoussant de crasse.
6. Cassée.
7. Lits misérables.

Les murs avaient un aspect lépreux[8], et étaient couverts de coutures et de cicatrices comme un visage défiguré par quelque horrible maladie. Une humidité chassieuse[9] y suintait[10]. On y distinguait des dessins obscènes grossièrement charbonnés.

[...]

Près de la table, sur laquelle Marius apercevait une plume, de l'encre et du papier, était assis un homme d'environ soixante ans, petit, maigre, livide[11], hagard[12], l'air fin, cruel et inquiet ; un gredin hideux[13].

Lavater[14], s'il eût considéré ce visage, y eût trouvé le vautour mêlé au procureur[15] ; l'oiseau de proie et l'homme de chicane s'enlaidissant et se complétant l'un par l'autre, l'homme de chicane[16] faisant l'oiseau de proie ignoble, l'oiseau de proie faisant l'homme de chicane horrible.

Cet homme avait une longue barbe grise. Il était vêtu d'une chemise de femme qui laissait voir sa poitrine velue et ses bras nus hérissés de poils gris. Sous cette chemise, on voyait passer un pantalon boueux et des bottes dont sortaient les doigts de ses pieds.

Il avait une pipe à la bouche et il fumait. Il n'y avait plus de pain dans le taudis[17], mais il y avait encore du tabac.

[...]

Une grosse femme qui pouvait avoir quarante ans ou cent ans était accroupie près de la cheminée sur ses talons nus.

Elle n'était vêtue, elle aussi que d'une chemise et d'un jupon de tricot rapiécé avec des morceaux de vieux drap. Un tablier de grosse toile cachait la moitié du jupon. Quoique cette femme fût pliée et ramassée sur elle-même, on voyait qu'elle était

8. En ruine.
9. Gluante.
10. Coulait goutte à goutte.
11. Extrêmement pâle.
12. Qui a une expression égarée et farouche.
13. D'une laideur repoussante.
14. Philosophe du XVIIIe siècle qui élabora un système d'étude des caractères d'après la constitution faciale des individus.
15. Homme de loi.
16. Homme de loi qui vit des procès.
17. Bouge.

de très haute taille. C'était une espèce de géante à côté de son mari. Elle avait d'affreux cheveux d'un blond roux grisonnants qu'elle remuait de temps en temps avec ses énormes mains luisantes à ongles plats.

À côté d'elle était posé à terre, tout grand ouvert, un volume du même format que l'autre, et probablement du même roman.

Sur un des grabats[18], Marius entrevoyait une espèce de longue petite fille blême assise, presque nue et les pieds pendants, n'ayant l'air ni d'écouter, ni de voir, ni de vivre.

VIII. Le rayon dans le bouge

[...]

En ce moment on frappa un léger coup à la porte ; l'homme s'y précipita et l'ouvrit en s'écriant avec des salutations profondes et des sourires d'adoration :

– Entrez, monsieur ! daignez entrer, mon respectable bienfaiteur, ainsi que votre charmante demoiselle.

Un homme d'un âge mûr et une jeune fille parurent sur le seuil du galetas.

Marius n'avait pas quitté sa place. Ce qu'il éprouva en ce moment échappe à la langue humaine.

C'était Elle.

Quiconque a aimé sait tous les sens rayonnants que contiennent les quatre lettres de ce mot : Elle.

C'était bien elle. C'est à peine si Marius la distinguait à travers la vapeur lumineuse qui s'était subitement répandue sur ses yeux. C'était ce doux être absent, cet astre qui lui avait lui pendant six mois, c'était cette prunelle, ce front, cette bouche, ce beau visage évanoui qui avait fait la nuit en s'en allant. La vision s'était éclipsée, elle reparaissait !

18. Voir note 7, p. 29.

Elle reparaissait dans cette ombre, dans ce galetas, dans ce bouge difforme[19], dans cette horreur !

Marius frémissait éperdument. Quoi ! c'était elle ! les palpitations de son cœur lui troublaient la vue. Il se sentait prêt à fondre en larmes. Quoi ! il la revoyait enfin après l'avoir cherchée si longtemps ! il lui semblait qu'il avait perdu son âme et qu'il venait de la retrouver.

Elle était toujours la même, un peu pâle seulement ; sa délicate figure s'encadrait dans un chapeau de velours violet, sa taille se dérobait sous une pelisse[20] de satin noir. On entrevoyait sous sa longue robe son petit pied serré dans un brodequin[21] de soie.

Elle était toujours accompagnée de M. Leblanc[22].

Elle avait fait quelques pas dans la chambre et avait déposé un assez gros paquet sur la table.

La Jondrette aînée s'était retirée derrière la porte et regardait d'un œil sombre ce chapeau de velours, cette mante[23] de soie, et ce charmant visage heureux.

Troisième partie « Marius », Livre huitième,
« Le mauvais pauvre », extraits des chapitres VI et VIII.

19. Monstrueux.
20. Vêtement doublé de fourrure.
21. Chaussure montante.
22. Surnom donné à Jean Valjean par Courfeyrac, ami de Marius.
23. Manteau ample sans manches.

Repérer et analyser

L'action

1 Où l'action se déroule-t-elle ? Où Marius se trouve-t-il ?

2 Les jeux du hasard

Le hasard joue un rôle prépondérant dans l'intrigue des *Misérables*, que Hugo a voulue riche en rebondissements. Le hasard multiplie notamment les rencontres et les retrouvailles.

Quel événement est le fruit du hasard ? En quoi cet événement contribue-t-il à faire avancer l'action ?

Le discours descriptif

Le point de vue

3 **a.** Relevez, dans les lignes 1 à 74, les verbes de perception visuelle accompagnés de leurs sujets.

b. Quel personnage voit la scène ? Déduisez-en le point de vue dominant adopté. Quel lieu et quels personnages sont vus ?

Le lieu

4 **a.** Qu'est-ce qu'un « bouge » ? Aidez-vous de la note 2, p. 29.

b. Quels meubles composent l'intérieur du bouge ?

c. Relevez les mots et expressions qui le caractérisent. À quel champ lexical appartiennent-ils ? Le lexique est-il valorisant ou dévalorisant ?

5 La métaphore

La métaphore met en relation deux éléments sans outil de comparaison. Exemple : des flocons d'écume.

Relevez la métaphore et la comparaison (l. 17 à 21) qui contribuent à caractériser les murs de la pièce. Quel est l'effet produit ?

Les personnages

6 Relisez les lignes 23 à 38.

a. Quel est l'âge de « l'homme » ?

b. Relevez les expressions qui le désignent et le caractérisent au physique et au moral.

c. Les images animales

Pour Hugo, les animaux symbolisent les vices et les vertus humains.

À quel animal le personnage décrit est-il assimilé ? À quel type d'homme ? Quelle image le narrateur donne-t-il de lui ?

7 Relisez les lignes 40 à 52.

a. Relevez les éléments qui constituent le portrait physique de la femme (physique, vêtements).

b. Quel semble être son passe-temps ?

c. Le portrait est-il mélioratif ou péjoratif ?

8 Relisez les lignes 82 à 92.

a. Relevez les expressions qui caractérisent le physique de la jeune fille. Lesquelles évoquent sa toilette ?

b. En quoi sa présence contraste-t-elle avec l'endroit et les autres personnages ?

La fonction et la visée de la description

9 Quelle impression se dégage de l'évocation du lieu et des différents personnages ?

10 Quels indices vous ont permis d'identifier les Thénardier (voir le tome I dans la collection Œuvres et Thèmes) ?

Les pensées rapportées

Le narrateur dispose de différents procédés pour porter à la connaissance du lecteur les pensées des personnages. Il peut les présenter dans les passages narratifs en adoptant le point de vue omniscient. Il peut aussi les retranscrire, comme pour les paroles rapportées :
- au style direct : il rapporte, à l'aide de guillemets, les pensées que le personnage se dit en lui-même ;
- au style indirect : il rapporte les propos ou pensées à l'aide d'un verbe de parole (ou de pensée) suivi d'une conjonction de subordination (« il dit que », « il se demande si »...) ;
- au style indirect libre : il intègre les propos ou pensées à la narration, sans guillemets, sans verbe introducteur ni mot subordonnant. Le style indirect libre est associé au point de vue interne.

11 Relisez les lignes 64 à 81.

a. Montrez, en citant des exemples précis, que le narrateur porte à la connaissance du lecteur les pensées de Marius en alternant point de vue omniscient et point de vue interne. Pour le point de vue interne, relevez des expressions au style indirect libre.

b. « C'était Elle. » (l. 66) : quel est le mot mis en valeur ? Qui ce mot désigne-t-il ? Identifiez les procédés de mise en valeur.

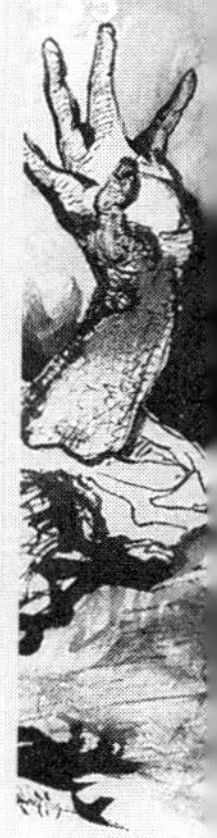

L'esthétique du contraste

Pour Victor Hugo, le monde repose sur le principe du contraste : les contraires (ombre et lumière, douceur et violence, blanc et noir...) se succèdent, s'opposent et se rejoignent. L'antithèse, figure de style qui met en relief les oppositions, est la figure privilégiée qui fonde sa construction romanesque.

12 **a.** Relevez les contrastes qui structurent ce passage :
- entre le logement des Thénardier et celui de Marius ;
- entre Cosette et les Thénardier dans leur bouge. Appuyez-vous sur les antithèses que vous relèverez.

b. Relisez le commentaire du narrateur (l. 1 à 8). En quoi les forêts et les villes se rejoignent-elles et s'opposent-elles ? Quelle distinction le narrateur fait-il entre les hommes qui se « cachent » dans les bouges, et les bêtes qui se « cachent » dans les cavernes ?

La visée et les hypothèses de lecture

13 **a.** Que viennent faire « M. Leblanc » et « sa fille » chez les Jondrette ? Citez le texte.

b. En quoi l'intérêt du lecteur est-il stimulé dans ce passage ?

14 À quelle suite le lecteur s'attend-il ?

Écrire

Rédiger une description : changer de point de vue

15 Imaginez la situation inverse : la Jondrette aînée regarde Marius à travers un trou dans le mur. Vous rédigerez la description de Marius et de sa chambre en adoptant son point de vue tout en conservant un narrateur extérieur.

Extrait 4

« Je vous retrouve enfin, monsieur le philanthrope ! »

La visite de M. Leblanc chez les Jondrette se prolonge. Ce dernier se lamente habilement sur son sort. Sensible à son discours, M. Leblanc promet de revenir le soir même pour apporter de l'argent qui permette à la famille de régler son loyer. Marius, à l'affût de ce qui se passe chez ses voisins, qu'il observe par un trou pratiqué dans la cloison, surprend une conversation entre Jondrette et sa femme. Il comprend que ces derniers sont des brigands qui se préparent à attirer dans un piège pour le dépouiller, M. Leblanc, riche bienfaiteur et père de la jeune fille qu'il aime. Marius alerte alors l'inspecteur de police Javert qui lui confie un pistolet et lui commande de tirer un coup pour l'avertir, le danger venu, afin qu'il puisse intervenir avec ses hommes. À l'heure convenue, M. Leblanc se présente chez Jondrette. Quatre hommes, le visage barbouillé de noir, s'avancent dans la pièce et s'assoient sur le lit.

XX. Le guet-apens

[…]

Marius pensa qu'avant quelques secondes le moment d'intervenir serait arrivé, et il éleva sa main droite vers le plafond, dans la direction du corridor[1], prêt à lâcher son coup de pistolet.

1. Couloir.

Jondrette, son colloque[2] avec l'homme à la trique[3] terminé, se tourna de nouveau vers M. Leblanc et répéta sa question en l'accompagnant de ce rire bas, contenu et terrible qu'il avait :

– Vous ne me reconnaissez donc pas ?

M. Leblanc le regarda en face et répondit :

– Non.

Alors Jondrette vint jusqu'à la table. Il se pencha par-dessus la chandelle, croisant les bras, approchant sa mâchoire anguleuse et féroce du visage calme de M. Leblanc, et avançant le plus qu'il pouvait sans que M. Leblanc reculât, et, dans cette posture de bête fauve qui va mordre, il cria :

– Je ne m'appelle pas Fabantou, je ne m'appelle pas Jondrette, je me nomme Thénardier ! je suis l'aubergiste de Montfermeil ! entendez-vous bien ? Thénardier ! Maintenant me reconnaissez-vous ?

Jean Carmet (Thénardier) dans le film de Robert Hossein : *Les Misérables*, 1982.

2. Conversation.
3. Gros bâton.

Une imperceptible rougeur passa sur le front de M. Leblanc, et il répondit sans que sa voix tremblât, ni s'élevât, avec sa placidité[4] ordinaire :

– Pas davantage.

Marius n'entendit pas cette réponse. Qui l'eût vu en ce moment dans cette obscurité l'eût vu hagard[5], stupide et foudroyé. Au moment où Jondrette avait dit : *Je me nomme Thénardier*, Marius avait tremblé de tous ses membres et s'était appuyé au mur comme s'il eût senti le froid d'une lame d'épée à travers son cœur. Puis son bras droit, prêt à lâcher le coup de signal, s'était abaissé lentement, et au moment où Jondrette avait répété : *Entendez-vous bien, Thénardier* ? Les doigts défaillants de Marius avaient manqué laisser tomber le pistolet. Jondrette, en dévoilant qui il était, n'avait pas ému M. Leblanc, mais il avait bouleversé Marius. Ce nom de Thénardier, que M. Leblanc ne semblait pas connaître, Marius le connaissait. Qu'on se rappelle ce que ce nom était pour lui ! Ce nom il l'avait porté sur son cœur, écrit dans le testament de son père ! il le portait au fond de sa pensée, au fond de sa mémoire, dans cette recommandation sacrée : « Un nommé Thénardier m'a sauvé la vie. Si mon fils le rencontre, il lui fera tout le bien qu'il pourra. » Ce nom, on s'en souvient, était une des piétés[6] de son âme ; il le mêlait au nom de son père dans son culte. Quoi ! c'était là ce Thénardier, c'était là cet aubergiste de Montfermeil qu'il avait vainement et si longtemps cherché ! Il le trouvait enfin, et comment ! ce sauveur de son père était un bandit ! cet homme, auquel lui Marius brûlait de se dévouer, était un monstre ! ce libérateur du colonel Pontmercy était en train de commettre un attentat dont Marius ne voyait pas encore bien distinctement la forme, mais qui ressemblait à un assassinat !

4. Calme, sérénité.
5. Voir note 12, p. 30.
6. Attachement tendre et respectueux.

et sur qui, grand Dieu ! Quelle fatalité ! quelle amère moquerie du sort !

[...]

Que faire ? que choisir ? manquer aux souvenirs les plus impérieux, à tant d'engagements profonds pris avec lui-même, au devoir le plus saint, au texte le plus vénéré ! manquer au testament de son père, ou laisser s'accomplir un crime ! Il lui semblait d'un côté entendre « son Ursule[7] » le supplier pour son père, et de l'autre le colonel lui recommander Thénardier. Il se sentait fou. Ses genoux se dérobaient sous lui. Et il n'avait pas même le temps de délibérer, tant la scène qu'il avait sous les yeux se précipitait avec furie. C'était comme un tourbillon dont il s'était cru maître et qui l'emportait. Il fut au moment de s'évanouir.

Cependant Thénardier, nous ne le nommerons plus autrement désormais, se promenait de long en large devant la table dans une sorte d'égarement et de triomphe frénétique[8].

Il prit à plein poing la chandelle et la posa sur la cheminée avec un frappement si violent que la mèche faillit s'éteindre et que le suif[9] éclaboussa le mur.

Puis il se tourna vers M. Leblanc, effroyable, et cracha ceci :

– Flambé ! fumé ! fricassé ! à la crapaudine[10] !

Et il se remit à marcher, en pleine explosion.

– Ah ! criait-il, je vous retrouve enfin, monsieur le philanthrope[11] ! monsieur le millionnaire râpé ! monsieur le donneur de poupées ! vieux Jocrisse[12] ! Ah ! vous ne me reconnaissez pas ! Non, ce n'est pas vous qui êtes venu à Montfermeil, à mon auberge, il y a huit ans, la nuit de Noël 1823 ! ce n'est pas

7. Au jardin du Luxembourg, Marius a trouvé sur le banc de « M. Leblanc et de sa fille » un mouchoir brodé aux initiales U.F (Ultime Fauchelevent, nom d'emprunt de Jean Valjean). Il imagine alors que la jeune fille qu'il aime s'appelle Ursule.
8. Délirant.
9. Graisse animale servant à faire des bougies.
10. Différentes manières de cuire une volaille.
11. Personne qui s'emploie à améliorer le sort matériel et moral de ses semblables.
12. Personnage de théâtre, nigaud et niais.

vous qui avez emmené de chez moi l'enfant de la Fantine, l'Alouette ! ce n'est pas vous qui aviez un carrick[13] jaune ! non ! et un paquet plein de nippes[14] à la main comme ce matin chez moi ! Dis donc, ma femme ! c'est sa manie, à ce qu'il paraît, de porter dans les maisons des paquets pleins de bas de laine ! vieux charitable, va ! Est-ce que vous êtes bonnetier[15], monsieur le millionnaire ? vous donnez aux pauvres votre fonds de boutique[16], saint homme ! quel funambule ! Ah ! vous ne me reconnaissez pas ? Eh bien, je vous reconnais, moi, je vous ai reconnu tout de suite dès que vous avez fourré votre mufle ici. Ah ! on va voir enfin que ce n'est pas tout rose d'aller comme cela dans les maisons des gens, sous prétexte que ce sont des auberges, avec des habits minables, avec l'air d'un pauvre, qu'on lui aurait donné un sou, tromper les personnes, faire le généreux, leur prendre leur gagne-pain, et menacer dans les bois, et qu'on n'en est pas quitte pour rapporter après, quand les gens sont ruinés, une redingote trop large et deux méchantes couvertures d'hôpital, vieux gueux, voleur d'enfants !

[…]

Les brigands renversent M. Leblanc et le ligotent solidement au montant du lit. Thénardier dicte au prisonnier une lettre, dans laquelle ce dernier demande à sa fille de le rejoindre d'urgence, au motif qu'il a besoin d'elle. Le bandit envoie sa femme porter la lettre. Elle revient furieuse : l'adresse est fausse !

– Une fausse adresse ? qu'est-ce que tu as donc espéré ?

– Gagner du temps ! cria le prisonnier d'une voix éclatante.

Et au même instant il secoua ses liens ; ils étaient coupés. Le prisonnier n'était plus attaché au lit que par une jambe.

13. Veste ample.
14. Vêtements pauvres et usés.
15. Commerçant vendant des articles en maille (bas, chaussettes…).
16. Ensemble des biens d'un commerçant.

Avant que les sept hommes eussent eu le temps de se reconnaître et de s'élancer, lui s'était penché sous la cheminée, avait étendu la main vers le réchaud, puis s'était redressé, et maintenant Thénardier, la Thénardier et les bandits, refoulés par le saisissement au fond du bouge[17], le regardaient avec stupeur élevant au-dessus de sa tête le ciseau rouge d'où tombait une lueur sinistre, presque libre et dans une attitude formidable.

[...]

– Vous êtes des malheureux, mais ma vie ne vaut pas la peine d'être tant défendue. Quant à vous imaginer que vous me feriez parler, que vous me feriez écrire ce que je ne veux pas écrire, que vous me feriez dire ce que je ne veux pas dire…

Il releva la manche de son bras gauche et ajouta :

– Tenez.

En même temps il tendit son bras et posa sur la chair nue le ciseau[18] ardent qu'il tenait dans sa main droite par le manche de bois.

On entendit le frémissement de la chair brûlée, l'odeur propre aux chambres de torture se répandit dans le taudis. Marius chancela éperdu d'horreur, les brigands eux-mêmes eurent un frisson, le visage de l'étrange vieillard se contracta à peine, et, tandis que le fer rouge s'enfonçait dans la plaie fumante, impassible[19] et presque auguste[20], il attachait sur Thénardier son beau regard sans haine où la souffrance s'évanouissait dans une majesté sereine.

Chez les grandes et hautes natures les révoltes de la chair et des sens en proie à la douleur physique font sortir l'âme et la font apparaître sur le front, de même que les rébellions de la soldatesque[21] forcent le capitaine à se montrer.

17. Voir note 2, p. 29.
18. Outil d'acier servant à travailler le bois, le fer, la pierre.
19. Qui ne trahit aucune émotion.
20. Qui inspire un grand respect.
21. Propre aux soldats.

– Misérables, dit-il, n'ayez pas plus peur de moi que je n'ai peur de vous.

Et arrachant le ciseau de la plaie, il le lança par la fenêtre qui était restée ouverte, l'horrible outil embrasé disparut dans la nuit en tournoyant et alla tomber au loin et s'éteindre dans la neige.

Le prisonnier reprit :

– Faites de moi ce que vous voudrez.

Il était désarmé.

– Empoignez-le ! dit Thénardier.

Deux des brigands lui posèrent la main sur l'épaule, et l'homme masqué à voix de ventriloque[22] se tint en face de lui, prêt à lui faire sauter le crâne d'un coup de clef au moindre mouvement.

En même temps Marius entendit au-dessous de lui, au bas de la cloison, mais tellement près qu'il ne pouvait voir ceux qui parlaient, ce colloque échangé à voix basse ;

– Il n'y a plus qu'une chose à faire.

– L'escarper[23] !

– C'est cela.

C'étaient le mari et la femme qui tenaient conseil. Thénardier marcha à pas lents vers la table, ouvrit le tiroir et y prit le couteau.

[...]

Tout à coup il tressaillit.

À ses pieds, sur la table, un vif rayon de pleine lune éclairait et semblait lui montrer une feuille de papier. Sur cette feuille il lut cette ligne écrite en grosses lettres le matin même par l'aînée des filles Thénardier :

– LES COGNES[24] SONT LÀ.

Une idée, une clarté traversa l'esprit de Marius ; c'était le moyen qu'il cherchait, la solution de cet affreux problème qui le

22. Personne capable de parler sans remuer les lèvres, donnant ainsi l'impression que sa voix vient du ventre.

23. Assassiner.

24. Policier, en argot.

torturait, épargner l'assassin et sauver la victime. Il s'agenouilla sur la commode, étendit le bras, saisit la feuille de papier, détacha doucement un morceau de plâtre de la cloison, l'enveloppa dans le papier, et jeta le tout par la crevasse au milieu du bouge.

Il était temps. Thénardier avait vaincu ses dernières craintes ou ses derniers scrupules et se dirigeait vers le prisonnier.

– Quelque chose qui tombe ! cria la Thénardier.

– Qu'est-ce ? dit le mari.

La femme s'était élancée et avait ramassé le plâtras enveloppé du papier.

Elle le remit à son mari.

– Par où cela est-il venu ? demanda Thénardier.

– Pardié ! fit la femme, par où veux-tu que cela soit entré ? C'est venu par la fenêtre.

– Je l'ai vu passer, dit Bigrenaille[25].

Thénardier déplia rapidement le papier et l'approcha de la chandelle.

– C'est l'écriture d'Éponine[26]. Diable !

Il fit signe à sa femme, qui s'approcha vivement et il lui montra la ligne écrite sur la feuille de papier, puis il ajouta d'une voix sourde :

– Vite ! l'échelle ! laissons le lard dans la souricière et fichons le camp !

– Sans couper le cou à l'homme ? demanda la Thénardier.

– Nous n'avons pas le temps.

– Par où ? reprit Bigrenaille.

– Par la fenêtre, répondit Thénardier. Puisque Ponine a jeté la pierre par la fenêtre, c'est que la maison n'est pas cernée de ce côté-là.

Le masque à voix de ventriloque posa à terre sa grosse clef, éleva ses deux bras en l'air et ferma trois fois rapidement

25. L'un des bandits, complice de Thénardier.

26. L'aînée des filles Thénardier.

ses mains sans dire un mot. Ce fut comme le signal du branle-bas[27] dans un équipage. Les brigands qui tenaient le prisonnier le lâchèrent ; en un clin d'œil l'échelle de corde fut déroulée hors de la fenêtre et attachée solidement au rebord par les deux crampons de fer.

Le prisonnier ne faisait pas attention à ce qui se passait autour de lui. Il semblait rêver ou prier.

Sitôt l'échelle fixée, Thénardier cria :

– Viens ! la bourgeoise !

Et il se précipita vers la croisée.

Mais comme il allait enjamber, Bigrenaille le saisit rudement au collet.

– Non pas, dis donc, vieux farceur ! après nous !

– Après nous ! hurlèrent les bandits.

– Vous êtes des enfants, dit Thénardier, nous perdons le temps. Les railles[28] sont sur nos talons.

– Eh bien, dit un des bandits, tirons au sort à qui passera le premier.

Thénardier s'exclama :

– Êtes-vous fous ? êtes-vous toqués ! en voilà-t-il un tas de jobards ! perdre le temps, n'est-ce pas ? tirer au sort, n'est-ce pas ? au doigt mouillé ! à la courte paille ! écrire nos noms ! les mettre dans un bonnet !...

– Voulez-vous mon chapeau ? cria une voix du seuil de la porte.

Tous se retournèrent. C'était Javert.

Il tenait son chapeau à la main, et le tendait en souriant.

Troisième partie « Marius », Livre huitième,
« Le mauvais pauvre », extraits du chapitre XX.

27. Dispositions prises pour le combat sur un navire de guerre.
28. Policiers, en argot.

Repérer et analyser

Le narrateur, le point de vue et le cadre

1 Relevez, dans les lignes 38 à 44, les expressions par lesquelles le narrateur implique le lecteur dans le récit. Quel est le pronom utilisé ? Quel est l'intérêt de cette allusion à un épisode antérieur ?

2 Montrez, en citant quelques exemples précis, que les deux points de vue (omniscient et interne) s'entrecroisent dans ce passage. Pour le point de vue interne, dites à travers le regard de quel personnage est vue la scène.

3 Dans quel lieu l'action se déroule-t-elle ?

4 Où Marius se trouve-t-il ? Aidez-vous du hors-texte.

Les péripéties romanesques

Dans une œuvre de fiction (roman, théâtre, film) on appelle péripétie tout événement qui vient modifier le cours de l'action.

5 **a.** Quel guet-apens est tendu à M. Leblanc ?
b. Retracez en quelques phrases les différentes actions qui s'enchaînent dans cet extrait.

6 Quelle nouvelle péripétie survient à la fin de l'extrait ?

7 Les faux noms

Dans les romans d'aventure, les faux noms et les déguisements permettent de se cacher et d'échapper à ses poursuivants.

Comment Thénardier se fait-il appeler quand il se réfugie dans la masure Gorbeau ? Pour quelle raison ?

L'ordre et le rythme de la narration

L'ordre

L'ordre de la narration désigne l'ordre dans lequel les événements sont racontés. Ils sont le plus souvent racontés selon l'ordre chronologique, mais la plupart des récits présentent également des retours en arrière (un événement est rapporté après le moment où il se situe dans l'histoire).

8 **a.** Quel passage constitue un retour en arrière ? Ce retour en arrière est-il pris en charge par le narrateur dans un passage narratif ou par un personnage dans un dialogue ?
b. Quelles informations sont fournies par ce procédé ?

Le rythme

– On appelle rythme de la narration le rapport entre le temps de l'histoire (durée fictive des événements racontés, comptée en années, mois, jours, heures...) et le temps du récit (compté en lignes ou en pages).
– On parle de scène lorsque le temps du récit est à peu près égal au temps de l'histoire, autrement dit, lorsque le narrateur donne au lecteur l'illusion que la durée des événements racontés équivaut au temps qu'il met à lire le texte. Les scènes comportent souvent des dialogues. Elles marquent les temps forts de l'action.

9 **a.** En quoi les lignes 71 à 96, puis 167 à 220 constituent-elles des scènes ?
b. En quoi ces scènes constituent-elles des temps dramatiques forts ?

Les relations entre les personnages

Marius et Thénardier

10 Quelle est la réaction de Marius lorsqu'il apprend que Jondrette n'est autre que Thénardier ? Citez le texte. Expliquez sa réaction.

11 Le dilemme

On dit qu'un personnage est confronté à un dilemme lorsqu'il est obligé de choisir entre deux possibilités ou deux partis contradictoires qui présentent tous deux des inconvénients.

a. Devant quel choix Marius se trouve-t-il ? En quoi ces choix sont-ils contradictoires ? Quel est le type de phrases (l. 36 à 64) qui traduit son état d'esprit ?
b. Comment ce dilemme se résout-il ?

Thénardier et M. Leblanc

12 Quelle histoire passée oppose les deux hommes ?

13 Quel personnage paraît en position d'infériorité au début de l'extrait ? Pour répondre :
– dites dans quelle situation se trouve M. Leblanc et quelle chance il a d'échapper à Thénardier ; appuyez-vous sur le rapport numérique ;

– dites quel personnage s'exprime le plus (l. 1 à 96) ;
– relevez les mots et expressions employés par Thénardier pour désigner M. Leblanc.

14 Quelle ligne de conduite M. Leblanc s'est-il fixée ? Pour répondre, relevez les mots et expressions qui traduisent le calme qu'il affiche face à l'agitation et la violence de Thénardier.

15 À quel moment la situation s'inverse-t-elle ? Quel personnage reprend le dessus à la fin de l'extrait ?

Les paroles rapportées

Un certain nombre de personnages des *Misérables* utilisent l'argot (Thénardier, Gavroche…). Pour Hugo, l'argot est la langue du peuple misérable, marqué par le crime et le châtiment.

16 Relevez les termes argotiques. Qui les utilise ? Donnez leur équivalent en langage courant.

La visée et les hypothèses de lecture

17 **a.** Quels éléments, dans cet extrait, relèvent du roman policier ?
b. Quel est l'effet produit par l'apparition de Javert ?

18 Quelle vision de la société Victor Hugo donne-t-il à travers le personnage de Thénardier ?

19 À quelle suite le lecteur s'attend-il ?

Écrire

Imaginer une suite

20 Imaginez, en une vingtaine de lignes, une suite immédiate à ce texte.

Extrait 5

« Elle venait de s'éblouir elle-même. »

Cosette et Jean Valjean sont maintenant installés dans une maison de la rue Plumet.

V. La rose s'aperçoit qu'elle est une machine de guerre

Un jour Cosette se regarda par hasard dans son miroir et se dit : Tiens ! Il lui semblait presque qu'elle était jolie. Ceci la jeta dans un trouble singulier. Jusqu'à ce moment elle n'avait point songé à sa figure. Elle se voyait dans son miroir, mais elle ne s'y regardait pas. Et puis, on lui avait souvent dit qu'elle était laide ; Jean Valjean seul disait doucement : Mais non ! mais non ! Quoi qu'il en fût, Cosette s'était toujours crue laide, et avait grandi dans cette idée avec la résignation facile de l'enfance. Voici que tout d'un coup son miroir lui disait comme Jean Valjean. Mais non ! Elle ne dormit pas de la nuit. – Si j'étais jolie ? pensait-elle, comme cela serait drôle que je fusse jolie ! – Et elle se rappelait celles de ses compagnes dont la beauté faisait effet dans le couvent, et elle se disait : Comment ! je serais comme mademoiselle une telle !

Le lendemain elle se regarda, mais non par hasard, et elle douta : – Où avais-je l'esprit ? dit-elle, non, je suis laide. – Elle avait tout simplement mal dormi, elle avait les yeux battus[1] et elle était pâle. Elle ne s'était pas sentie très joyeuse la veille de croire à sa beauté, mais elle fut triste de n'y plus croire. Elle ne se regarda plus, et pendant plus de quinze jours elle tâcha de se coiffer tournant le dos au miroir.

1. Cernés.

Le soir, après le dîner, elle faisait assez habituellement de la tapisserie dans le salon, ou quelque ouvrage de couvent, et Jean Valjean lisait à côté d'elle. Une fois elle leva les yeux de son ouvrage et elle fut toute surprise de la façon inquiète dont son père la regardait.

Une autre fois, elle passait dans la rue, et il lui sembla que quelqu'un qu'elle ne vit pas disait derrière elle : Jolie femme ! mais mal mise[2]. – Bah ! pensa-t-elle, ce n'est pas moi. Je suis bien mise et laide. – Elle avait alors son chapeau de peluche[3] et sa robe de mérinos[4].

Un jour enfin, elle était dans le jardin, et elle entendit la pauvre vieille Toussaint qui disait : Monsieur, remarquez-vous comme mademoiselle devient jolie ? Cosette n'entendit pas ce que son père répondit, les paroles de Toussaint furent pour elle une sorte de commotion[5]. Elle s'échappa du jardin, monta à sa chambre, courut à la glace, il y avait trois mois qu'elle ne s'était regardée, et poussa un cri. Elle venait de s'éblouir elle-même.

Elle était belle et jolie ; elle ne pouvait s'empêcher d'être de l'avis de Toussaint[6] et de son miroir. Sa taille s'était faite, sa peau avait blanchi, ses cheveux s'étaient lustrés[7], une splendeur inconnue s'était allumée dans ses prunelles bleues. La conviction de sa beauté lui vint tout entière, en une minute, comme un grand jour qui se fait ; les autres la remarquaient d'ailleurs, Toussaint le disait, c'était d'elle évidemment que le passant avait parlé, il n'y avait plus à douter ; elle redescendit au jardin, se croyant reine, entendant les oiseaux chanter, c'était l'hiver, voyant le ciel doré, le soleil dans les arbres, des fleurs dans les buissons, éperdue, folle, dans un ravissement inexprimable.

2. Mal habillée.
3. Étoffe semblable au velours, mais de poils plus longs.
4. Voir note 11, p. 19.
5. Choc.
6. Servante de Jean Valjean et de Cosette.
7. Brillants.

De son côté, Jean Valjean éprouvait un profond et indéfinissable serrement de cœur.

C'est qu'en effet, depuis quelque temps, il contemplait avec terreur cette beauté qui apparaissait chaque jour plus rayonnante sur le doux visage de Cosette. Aube riante pour tous, lugubre[8] pour lui.

Cosette avait été belle assez longtemps avant de s'en apercevoir. Mais, du premier jour, cette lumière inattendue qui se levait lentement et enveloppait par degrés toute la personne de la jeune fille blessa la paupière sombre de Jean Valjean. Il sentit que c'était un changement dans une vie heureuse, si heureuse qu'il n'osait y remuer dans la crainte d'y déranger quelque chose. Cet homme qui avait passé par toutes les détresses, qui était encore tout saignant des meurtrissures[9] de sa destinée, qui avait été presque méchant et qui était devenu presque saint, qui, après avoir traîné la chaîne du bagne, traînait maintenant la chaîne invisible, mais pesante, de l'infamie[10] indéfinie, cet homme que la loi n'avait pas lâché et qui pouvait être à chaque instant ressaisi et ramené de l'obscurité de sa vertu[11] au grand jour de l'opprobre[12] public, cet homme acceptait tout, excusait tout, pardonnait tout, bénissait tout, voulait bien tout, et ne demandait à la providence, aux hommes, aux lois, à la société, à la nature, au monde, qu'une chose, que Cosette l'aimât !

Que Cosette continuât de l'aimer ! que Dieu n'empêchât pas le cœur de cette enfant de venir à lui, et de rester à lui ! Aimé de Cosette, il se trouvait guéri, reposé, apaisé, comblé, récompensé, couronné. Aimé de Cosette, il était bien ! il n'en demandait pas davantage. On lui eût dit : Veux-tu être mieux ? il eût répondu : Non. Dieu lui eût dit : Veux-tu le ciel ? il eût répondu : J'y perdrais.

8. Profondément triste.
9. Blessures.
10. Déshonneur.
11. Disposition à faire le bien.
12. Honte, déshonneur.

Tout ce qui pouvait effleurer cette situation, ne fût-ce qu'à la surface, le faisait frémir comme le commencement d'autre chose. Il n'avait jamais trop su ce que c'était que la beauté d'une femme ; mais, par instinct, il comprenait que c'était terrible.

Cette beauté qui s'épanouissait de plus en plus triomphante et superbe à côté de lui, sous ses yeux, sur le front ingénu[13] et redoutable de l'enfant, du fond de sa laideur, de sa vieillesse, de sa misère, de sa réprobation[14], de son accablement, il la regardait effaré[15].

Il se disait : Comme elle est belle ! Qu'est-ce que je vais devenir, moi ?

Là du reste était la différence entre sa tendresse et la tendresse d'une mère. Ce qu'il voyait avec angoisse, une mère l'eût vu avec joie.

[...]

Cosette, à se savoir belle, perdit la grâce de l'ignorer ; grâce exquise, car la beauté rehaussée de naïveté est ineffable, et rien n'est adorable comme une innocente éblouissante qui marche tenant en main, sans le savoir, la clef d'un paradis. Mais ce qu'elle perdit en grâce ingénue, elle le regagna en charme pensif et sérieux. Toute sa personne pénétrée des joies de la jeunesse, de l'innocence et de la beauté, respirait une mélancolie splendide.

Ce fut à cette époque que Marius, après six mois écoulés, la revit au Luxembourg.

Quatrième partie « L'idylle rue Plumet et l'épopée rue Saint-Denis », Livre troisième, « La maison de la rue Plumet », extraits du chapitre V.

13. Innocent.
14. Jean Valjean est rejeté par la société.
15. Violemment troublé.

Repérer et analyser

Le narrateur et le point de vue

1 Relevez, à la fin de l'extrait, un commentaire du narrateur. Sur quoi porte-t-il ? En quoi s'agit-il d'un commentaire explicatif ? Quelle est la valeur du présent ?

2 Quels sont les deux personnages dont il est question ? Montrez, en citant le texte, que le narrateur fait alterner point de vue interne et point de vue omniscient.

Le motif du regard

Le miroir et le regard

Le miroir symbolise le regard que l'on porte sur soi-même. Il existe une relation d'interdépendance entre le sujet qui se contemple et le miroir qui lui renvoie son image : le sujet tend à se transformer en fonction de l'image de lui-même qu'il découvre.

3 **a.** Par quels différents personnages Cosette est-elle regardée ?
b. Quels différents regards Cosette porte-t-elle sur elle-même ? Appuyez-vous notamment sur les indications temporelles.
c. Quels effets ces différents regards produisent-ils sur elle ?

4 **a.** Relevez, lignes 32 à 50, les mots et expressions qui traduisent les sentiments éprouvés par Cosette devant sa métamorphose. Appuyez-vous sur les types de phrases.
b. En quoi la perception qu'a Cosette de sa beauté modifie-t-elle son comportement (l. 97 à 104) ?

Les relations entre les personnages

5 Qu'éprouve Jean Valjean devant la métamorphose de Cosette (l. 51 à 95) ? Pour répondre :
a. Relevez des mots et expressions précis qui traduisent son état intérieur. Quel est le type de phrases utilisé ?
b. Expliquez l'antithèse « Aube riante pour tous, lugubre pour lui » (l. 55-56). Que redoute-t-il ?

6 **a.** Relevez les mots et expressions qui traduisent le bonheur que Jean Valjean éprouve à être aimé de Cosette (l. 74 à 80).

b. Le rythme des phrases

Victor Hugo joue sur la cadence de la phrase et particulièrement sur les effets de rythme et de sonorité.

Relisez les lignes 62 à 80 à haute voix. Quels termes, quelles sonorités sont répétés ? Quel est l'effet produit ?

Les pensées rapportées

7 **a.** Selon quels différents modes (voir p. 34) les pensées de Cosette et de Jean Valjean sont-elles rapportées ? Donnez quelques exemples.
b. À quel point de vue chacun de ces modes est-il associé ?

Les symboles

L'ombre et la lumière

Un symbole est une représentation concrète d'une réalité abstraite. Exemple : la colombe, symbole de la paix.

8 Relevez, dans les lignes 36 à 80, le champ lexical de l'ombre et de la lumière. À quels sentiments sont-ils associés ?

La visée et les hypothèses de lecture

9 Expliquez le titre du chapitre : « La rose s'aperçoit qu'elle est une machine de guerre ».
10 Quelle hypothèse pouvez-vous émettre quant à l'évolution de Cosette, notamment en ce qui concerne ses relations avec Marius ?

Écrire

Imaginer une suite

11 Imaginez, en une dizaine de lignes, la rencontre de Marius et de Cosette au jardin du Luxembourg. Vous insisterez sur les sentiments éprouvés par Marius devant la transformation de la jeune fille.

Écrire son autoportrait

12 Comme Cosette, vous vous regardez dans la glace. Décrivez l'image que vous renvoie le miroir. Quels sentiments cette image vous inspire-t-elle ?

Extrait 6

« – Père, est-ce que ce sont encore des hommes ? »

Lors d'une promenade matinale, Cosette et Jean Valjean remarquent un étrange convoi…

VIII. La cadène[1]

Sept voitures marchaient à la file sur la route. Les six premières avaient une structure singulière. Elles ressemblaient à des haquets[2] de tonneliers[3] ; c'étaient des espèces de longues échelles posées sur deux roues et formant brancard à leur extrémité antérieure. Chaque haquet, disons mieux, chaque échelle était attelée de quatre chevaux bout à bout. Sur ces échelles étaient traînées d'étranges grappes d'hommes. Dans le peu de jour qu'il faisait, on ne voyait pas ces hommes, on les devinait. Vingt-quatre sur chaque voiture, douze de chaque côté, adossés les uns aux autres, faisant face aux passants, les jambes dans le vide, ces hommes cheminaient ainsi ; et ils avaient derrière le dos quelque chose qui sonnait et qui était une chaîne et au cou quelque chose qui brillait et qui était un carcan[4]. Chacun avait son carcan, mais la chaîne était pour tous ; de façon que ces vingt-quatre hommes, s'il leur arrivait de descendre du haquet et de marcher, étaient saisis par une sorte d'unité inexorable[5] et devaient serpenter sur le sol avec la chaîne pour vertèbre à peu près comme le mille-pieds[6]. À l'avant et à l'arrière de chaque voiture, deux hommes, armés

1. Chaîne pour attacher les forçats.
2. Charrette étroite et longue.
3. Artisans fabriquant des tonneaux.
4. Collier de fer porté par les forçats.
5. Les forçats sont enchaînés les uns aux autres et contraints de se déplacer d'un seul mouvement.
6. Mille-pattes.

de fusils, se tenaient debout, ayant chacun une des extrémités de la chaîne sous son pied. Les carcans étaient carrés. La septième voiture, vaste fourgon à ridelles[7], mais sans capote, avait quatre roues et six chevaux, et portait un tas sonore de chaudières de fer, de marmites de fonte, de réchauds et de chaînes, où étaient mêlés quelques hommes garrottés[8] et couchés tout de leur long, qui paraissaient malades. Ce fourgon, tout à claire-voie[9], était garni de claies[10] délabrées qui semblaient avoir servi aux vieux supplices.

Illustration pour *Les Misérables* : convoi de bagnards, fin du XIXe siècle.

7. Côté d'une charrette servant à maintenir la charge.
8. Attachés solidement.
9. Qui présente des vides, des jours.
10. Treillage en bois ou en fer.

[…]

Une foule, sortie on ne sait d'où et formée en un clin d'œil, comme cela est fréquent à Paris, se pressait des deux côtés de la chaussée et regardait. On entendait dans les ruelles voisines des cris de gens qui s'appelaient et les sabots des maraîchers qui accouraient pour voir.

Les hommes entassés sur les haquets se laissaient cahoter[11] en silence. Ils étaient livides[12] du frisson du matin. Ils avaient tous des pantalons de toile et les pieds nus dans des sabots. Le reste du costume était à la fantaisie de la misère. Leurs accoutrements[13] étaient hideusement disparates[14] ; rien n'est plus funèbre que l'arlequin des guenilles[15]. Feutres défoncés, casquettes goudronnées, d'affreux bonnets de laine, et, près du bourgeron[16], l'habit noir crevé aux coudes ; plusieurs avaient des chapeaux de femme ; d'autres étaient coiffés d'un panier ; on voyait des poitrines velues, et à travers les déchirures des vêtements on distinguait des tatouages, des temples de l'amour, des cœurs enflammés, des Cupidons[17]. On apercevait aussi des dartres[18] et des rougeurs malsaines. Deux ou trois avaient une corde de paille fixée aux traverses[19] du haquet, et suspendue au-dessous d'eux comme un étrier, qui leur soutenait les pieds. L'un d'eux tenait à la main et portait à sa bouche quelque chose qui avait l'air d'une pierre noire et qu'il semblait mordre ; c'était du pain qu'il mangeait. Il n'y avait là que des yeux secs, éteints, ou lumineux d'une mauvaise lumière. La troupe d'escorte maugréait[20] ; les enchaînés ne soufflaient pas ; de temps en temps on

11. Secouer.
12. Voir note 11, p. 30.
13. Vêtements.
14. Horriblement laids par absence d'harmonie.
15. Allusion au costume d'Arlequin, vêtu de tissu disparate.
16. Veste en toile forte.
17. Dieu de l'amour dans l'Antiquité romaine.
18. Plaques de peau sèche.
19. Pièces de bois, placées en travers, qui consolident le haquet.
20. Manifester sa mauvaise humeur, en parlant à voix basse entre ses dents.

entendait le bruit d'un coup de bâton sur les omoplates ou sur les têtes ; quelques-uns de ces hommes bâillaient ; les haillons[21] étaient terribles ; les pieds pendaient, les épaules oscillaient[22] ; les têtes s'entre-heurtaient, les fers tintaient, les prunelles flambaient férocement, les poings se crispaient ou s'ouvraient inertes[23] comme des mains de morts ; derrière le convoi ; une troupe d'enfants éclatait de rire.

[...]

L'œil de Jean Valjean était devenu effrayant. Ce n'était plus une prunelle ; c'était cette vitre profonde qui remplace le regard chez certains infortunés, qui semble inconsciente de la réalité, et où flamboie la réverbération des épouvantes et des catastrophes. Il ne regardait pas un spectacle ; il subissait une vision. Il voulut se lever, fuir, échapper ; il ne put remuer un pied. Quelquefois les choses qu'on voit vous saisissent et vous tiennent. Il demeura cloué, pétrifié[24], stupide, se demandant, à travers une confuse angoisse inexprimable, ce que signifiait cette persécution sépulcrale[25], et d'où sortait ce pandémonium[26] qui le poursuivait. Tout à coup il porta la main à son front, geste habituel de ceux auxquels la mémoire revient subitement ; il se souvint que c'était là l'itinéraire en effet, que ce détour était d'usage pour éviter les rencontres royales toujours possibles sur la route de Fontainebleau, et que trente-cinq ans auparavant, il avait passé par cette barrière-là.

Cosette, autrement épouvantée, ne l'était pas moins. Elle ne comprenait pas ; le souffle lui manquait ; ce qu'elle voyait ne lui semblait pas possible ; enfin elle s'écria :

– Père ! qu'est-ce qu'il y a donc dans ces voitures-là ?

Jean Valjean répondit :

– Des forçats.

21. Vêtements déchirés.
22. Se balançaient.
23. Sans vie.

24. Immobilisé par une émotion violente.

25. Acharnement injuste et cruel venu d'outre-tombe.
26. Assemblée de démons.

– Où donc est-ce qu'ils vont ?

– Aux galères.

En ce moment la bastonnade[27], multipliée par cent mains, fit du zèle, les coups de plat de sabre s'en mêlèrent, ce fut comme une rage de fouets et de bâtons ; les galériens se courbèrent, une obéissance hideuse[28] se dégagea du supplice, et tous se turent avec des regards de loups enchaînés. Cosette tremblait de tous ses membres ; elle reprit :

– Père, est-ce que ce sont encore des hommes ?

– Quelquefois, dit le misérable.

C'était la Chaîne en effet qui, partie avant le jour de Bicêtre, prenait la route du Mans pour éviter Fontainebleau où était alors le roi. Ce détour faisait durer l'épouvantable voyage trois ou quatre jours de plus ; mais, pour épargner à la personne royale la vue d'un supplice, on peut bien le prolonger.

Jean Valjean rentra accablé. De telles rencontres sont des chocs et le souvenir qu'elles laissent ressemble à un ébranlement.

Pourtant Jean Valjean, en regagnant avec Cosette la rue de Babylone, ne remarqua point qu'elle lui fit d'autres questions au sujet de ce qu'ils venaient de voir ; peut-être était-il trop absorbé lui-même dans son accablement pour percevoir ses paroles et pour lui répondre. Seulement le soir, comme Cosette le quittait pour s'aller coucher, il l'entendit qui disait à demi-voix et comme se parlant à elle-même : – Il me semble que si je trouvais sur mon chemin un de ces hommes-là, ô mon Dieu, je mourrais rien que de le voir de près !

Quatrième partie « L'idylle rue Plumet et l'épopée rue Saint-Denis », Livre troisième, « La maison de la rue Plumet », extraits du chapitre VIII.

27. Volée de coups de bâton.
28. Moralement ignoble.

Repérer et analyser

Le cadre, les personnages

1 À quelle scène Jean Valjean et Cosette assistent-ils ? Dans quel lieu se rendent-ils ensuite ?

Le discours descriptif

Le point de vue

2 **a.** Quel point de vue le narrateur adopte-t-il dans la scène ?
b. Montrez, en citant le texte, que la voix du narrateur se mêle à celle des spectateurs. Relevez à cet égard une intervention précise dans les lignes 1 à 6 et dites qui désigne le pronom « on » dans l'ensemble de la description.

Le convoi

3 **a.** Combien de voitures constituent le convoi ? En quoi ces voitures attirent-elles l'œil ?
b. Comment sont-elles constituées ? Qu'en déduisez-vous quant aux conditions de transport qu'elles offrent ?
c. Que transportent-elles ?

4 À quoi les « claies délabrées » (l. 27) des voitures font-elles écho ?

5 Quel est l'itinéraire du convoi ? Citez le texte.

Les forçats

6 Quelle image est donnée des forçats ? Pour répondre :
– relevez les mots et expressions qui expliquent comment ils sont enchaînés ;
– dites quel est leur aspect vestimentaire ; appuyez-vous sur le champ lexical de la laideur et de la pauvreté ;
– dites ce que représentent leurs tatouages. Que symbolisent-ils ? Qu'en déduisez-vous ?
– relevez les adjectifs et l'expression qui qualifient leurs yeux ;
– à quoi leurs poings sont-ils comparés ? Quel est l'effet produit ?

7 De quelles violences sont-ils victimes ? Justifiez votre réponse.

La visée de la description

8 L'ironie

L'ironie consiste à dire le contraire de ce qu'on pense pour laisser entendre qu'on pense le contraire de ce qu'on dit.

a. En quoi le commentaire des lignes 99 à 100 constitue-t-il un trait ironique du narrateur ?
b. Quel jugement le narrateur porte-t-il sur cette scène ?

Les réactions des personnages

9 Quel effet ce convoi produit-il sur la foule ? sur les enfants ?

10 **a.** Quelles manifestations physiques cette vision produit-elle sur Jean Valjean ? Relevez les mots et expressions qui montrent qu'il ne peut se dominer, qu'il est prisonnier de cette vision.
b. Quelle est la raison de son trouble ?

11 Quel effet ce spectacle provoque-t-il sur Cosette ? Citez le texte.

Les paroles rapportées

12 **a.** Identifiez le dialogue entre Jean Valjean et Cosette.
b. Pourquoi les réponses de Jean Valjean sont-elles si brèves ?
c. Que révèle la question posée par Cosette (l. 94) et la réponse de Jean Valjean ligne 95 ?

La visée et les hypothèses de lecture

13 Quel effet ce spectacle produit-il sur le lecteur ? À quelle réflexion le narrateur invite-t-il le lecteur ?

14 Le narrateur qualifie Jean Valjean de « misérable » (l. 95). Quel est le sens de ce mot ici ?

15 Quel est l'effet produit par la dernière phrase ? Pourquoi le narrateur passe-t-il sous silence la réaction de Jean Valjean ?

Lire

16 Lisez le chapitre XIII du *Dernier Jour d'un condamné* de Victor Hugo. Quelles informations supplémentaires ce texte fournit-il quant à la condition des forçats ?

Extrait 7

« Comment se fit-il que leurs lèvres se rencontrèrent ? »

Cosette remarque la présence d'un inconnu dans le jardin de la maison de la rue Plumet. Il s'agit en fait de Marius, qui a réussi à trouver l'adresse de la jeune fille, et qui est venu déposer une déclaration d'amour sous une pierre posée sur le banc.

VI. Les vieux sont faits pour sortir à propos

Le soir venu, Jean Valjean sortit ; Cosette s'habilla. Elle arrangea ses cheveux de la manière qui lui allait le mieux, et elle mit une robe dont le corsage, qui avait reçu un coup de ciseau de trop, et qui, par cette échancrure[1], laissait voir la naissance du cou, était, comme disent les jeunes filles, « un peu indécent[2] ». Ce n'était pas le moins du monde indécent, mais c'était plus joli qu'autrement. Elle fit toute cette toilette sans savoir pourquoi.

Voulait-elle sortir ? non.

Attendait-elle une visite ? non.

À la brune[3], elle descendit au jardin. Toussaint[4] était occupée à sa cuisine qui donnait sur l'arrière-cour.

Elle se mit à marcher sous les branches, les écartant de temps en temps avec la main, parce qu'il y en avait de très basses.

Elle arriva au banc.

La pierre y était restée.

Elle s'assit, et posa sa douce main blanche sur cette pierre comme si elle voulait la caresser et la remercier.

1. Décolleté.
2. Impudique, incorrect.
3. À la tombée de la nuit.
4. Servante de Jean Valjean et de Cosette.

Tout à coup, elle eut une impression indéfinissable qu'on éprouve, même sans voir, lorsqu'on a quelqu'un debout derrière soi.

Elle tourna la tête et se dressa.

C'était lui.

Il était tête nue. Il paraissait pâle et amaigri. On distinguait à peine son vêtement noir. Le crépuscule blêmissait son beau front et couvrait ses yeux de ténèbres. Il avait, sous un voile d'incomparable douceur, quelque chose de la mort et de la nuit. Son visage était éclairé par la clarté du jour qui se meurt et par la pensée d'une âme qui s'en va.

Il semblait que ce n'était pas encore le fantôme et que ce n'était déjà plus l'homme.

Son chapeau était jeté à quelques pas dans les broussailles.

Cosette, prête à défaillir[5], ne poussa pas un cri. Elle reculait lentement, car elle se sentait attirée. Lui ne bougeait point. À je ne sais quoi d'ineffable[6] et de triste qui l'enveloppait, elle sentait le regard de ses yeux qu'elle ne voyait pas.

Cosette, en reculant, rencontra un arbre et s'y adossa. Sans cet arbre, elle fût tombée.

Alors elle entendit sa voix, cette voix qu'elle n'avait vraiment jamais entendue, qui s'élevait à peine au-dessus du frémissement des feuilles, et qui murmurait :

– Pardonnez-moi, je suis là. J'ai le cœur gonflé, je ne pouvais pas vivre comme j'étais, je suis venu. Avez-vous lu ce que j'avais mis là, sur ce banc ? Me reconnaissez-vous un peu ? N'ayez pas peur de moi. Voilà du temps déjà, vous rappelez-vous le jour où vous m'avez regardé ? c'était dans le Luxembourg, près du Gladiateur. Et le jour où vous avez passé devant moi ? C'étaient le 16 juin et le 2 juillet. Il va y avoir un an. Depuis bien longtemps, je ne vous ai plus vue. J'ai demandé à

5. S'évanouir.

6. Voir note 12, p. 19.

la loueuse de chaises, elle m'a dit qu'elle ne vous voyait plus. Vous demeuriez rue de l'Ouest au troisième sur le devant dans une maison neuve, vous voyez que je sais ? Je vous suivais, moi. Qu'est-ce que j'avais à faire ? Et puis vous avez disparu. J'ai cru vous voir passer une fois que je lisais les journaux sous les arcades de l'Odéon. J'ai couru. Mais non. C'était une personne qui avait un chapeau comme vous. La nuit, je viens ici. Ne craignez pas, personne ne me voit. Je viens regarder vos fenêtres de près. Je marche bien doucement pour que vous n'entendiez pas, car vous auriez peut-être peur. L'autre soir j'étais derrière vous, vous vous êtes retournée, je me suis enfui. Une fois je vous ai entendue chanter. J'étais heureux. Est-ce que cela vous fait quelque chose que je vous entende chanter à travers le volet ? cela ne peut rien vous faire. Non, n'est-ce pas ? Voyez-vous, vous êtes mon ange, laissez-moi venir un peu. Je crois que je vais mourir. Si vous saviez ! je vous adore, moi ! Pardonnez-moi, je vous parle, je ne sais pas ce que je vous dis, je vous fâche peut-être ; est-ce que je vous fâche ?

– Ô ma mère ! dit-elle.

Et elle s'affaissa sur elle-même comme si elle se mourait.

Il la prit, elle tombait, il la prit dans ses bras, il la serra étroitement sans avoir conscience de ce qu'il faisait. Il la soutenait tout en chancelant[7]. Il était comme s'il avait la tête pleine de fumée ; des éclairs lui passaient entre les cils ; ses idées s'évanouissaient ; il lui semblait qu'il accomplissait un acte religieux et qu'il commettait une profanation[8]. Du reste il n'avait pas le moindre désir de cette femme ravissante dont il sentait la forme contre sa poitrine. Il était éperdu d'amour.

Elle lui prit une main et la posa sur son cœur. Il sentit le papier qui y était. Il balbutia :

– Vous m'aimez donc ?

7. Perdant l'équilibre.

8. Violation d'une chose sacrée.

Elle répondit d'une voix si basse que ce n'était plus qu'un souffle qu'on entendait à peine :

– Tais-toi ! tu le sais !

Et elle cacha sa tête rouge dans le sein du jeune homme superbe et enivré.

Il tomba sur le banc, elle près de lui. Ils n'avaient plus de paroles. Les étoiles commençaient à rayonner. Comment se fit-il que leurs lèvres se rencontrèrent ? Comment se fait-il que l'oiseau chante, que la neige fonde, que la rose s'ouvre, que mai s'épanouisse, que l'aube blanchisse derrière les arbres noirs au sommet frissonnant des collines ?

Un baiser, et ce fut tout.

Tous deux tressaillirent, et ils se regardèrent dans l'ombre avec des yeux éclatants. Ils ne sentaient ni la nuit fraîche, ni la pierre froide, ni la terre humide, ni l'herbe mouillée, ils se regardaient et ils avaient le cœur plein de pensées. Ils s'étaient pris les mains, sans savoir.

Elle ne lui demandait pas, elle n'y songeait pas même, par où il était entré et comment il avait pénétré dans le jardin. Cela lui paraissait si simple qu'il fût là !

De temps en temps le genou de Marius touchait le genou de Cosette, et tous deux frémissaient.

Par intervalles, Cosette bégayait une parole. Son âme tremblait à ses lèvres comme une goutte de rosée à une fleur.

Peu à peu il se parlèrent. L'épanchement[9] succéda au silence qui est la plénitude. La nuit était sereine et splendide au-dessus de leur tête. Ces deux êtres, purs comme des esprits, se dirent tout, leurs songes, leurs ivresses, leurs extases, leurs chimères[10], leurs défaillances[11], comme ils s'étaient adorés de loin, comme ils s'étaient souhaités, leur désespoir quand ils avaient cessé de s'apercevoir. Ils se confièrent, dans une intimité idéale

9. Effusion de sentiments. **10.** Rêves. **11.** Faiblesses.

que rien déjà ne pouvait plus accroître, ce qu'ils avaient de plus caché et de plus mystérieux. Ils se racontèrent, avec une foi candide[12] dans leurs illusions, tout ce que l'amour, la jeunesse et ce reste d'enfance qu'ils avaient, leur mettaient dans la pensée. Ces deux cœurs se versèrent l'un dans l'autre, de sorte qu'au bout d'une heure, c'était le jeune homme qui avait l'âme de la jeune fille et la jeune fille qui avait l'âme du jeune homme. Ils se pénétrèrent, ils s'enchantèrent, ils s'éblouirent.

Quand ils eurent fini, quand ils se furent tout dit, elle posa sa tête sur son épaule et lui demanda :

– Comment vous appelez-vous ?

– Je m'appelle Marius, dit-il. Et vous ?

– Je m'appelle Cosette.

Quatrième partie « L'idylle rue Plumet et l'épopée rue Saint-Denis », Livre cinquième, « Dont la fin ne ressemble pas au commencement », extrait du chapitre VI.

12. Naïve et franche.

Repérer et analyser

Le narrateur et le point de vue

1 Relevez, au début de l'extrait, un passage dans lequel le narrateur pose deux questions et y apporte une réponse. Quel est l'effet produit ?

2 Les lignes 86 à 91 constituent un autre commentaire du narrateur : quels sentiments ces interrogations traduisent-elles ? Pourquoi n'y a-t-il pas de réponse apportée ?

La scène de rencontre

Le cadre

3 Où et quand la scène se déroule-t-elle ? En quoi, selon vous, cet endroit et ce moment sont-ils propices à une scène de rencontre ?

Le point de vue

4 **a.** Montrez, à partir de quelques exemples précis, que le narrateur porte un regard omniscient sur ses personnages.

b. Quels passages relèvent plus particulièrement du point de vue interne (point de vue de Cosette) ? Appuyez-vous sur les verbes de perception visuelle et auditive.

c. Montrez, en citant quelques exemples, que, comme dans l'extrait précédent, le narrateur fait entendre sa voix tout au long de l'extrait.

L'apparition de Marius

5 Relisez les lignes 19 à 32.

a. Relevez les mots et expressions qui caractérisent Marius. Relevez les mots et expressions qui soulignent le caractère irréel de cette apparition. Appuyez-vous notamment sur les notations d'éclairage.

b. Relevez les mots et expressions qui renvoient à la nuit et à la mort. Pour quelle raison Marius est-il associé à la mort à ce moment du récit ? Relevez, lignes 42-43 et 65 à 67, deux expressions qui vous permettent de répondre.

Les réactions et les sentiments des personnages

6 Quels détails (l. 1 à 8) soulignent que la jeune fille s'est préparée dans l'espoir de rencontrer Marius ?

7 Quelle est la réaction de Cosette (l. 33 à 38) ? Citez le texte.

8 Quel aveu Marius est-il venu faire à la jeune fille ? Pourquoi cet aveu ne peut-il être davantage différé ? Justifiez votre réponse.

9 Quel est l'état d'esprit de Marius ? Pour répondre :
- appuyez-vous sur les différents types de phrases employés ;
- relevez, lignes 65 à 67, une expression qui révèle son trouble.

10 Relevez, lignes 39 à 67, les mots et expressions qui traduisent le désir qu'a Marius de ne pas effrayer ou contrarier Cosette. Quels sentiments et qualités cela révèle-t-il chez le jeune homme ?

11 Cosette partage-t-elle les sentiments de Marius ? Justifiez.

12 Montrez que les jeunes gens éprouvent une violente émotion (l. 68 à 91). Pour répondre :
- relevez les mots et expressions qui renvoient aux manifestations physiques de leur trouble ;
- relevez les expressions qui soulignent que Marius perd la conscience du réel ;
- identifiez le procédé grammatical qui traduit l'émotion de Cosette dans sa réplique (l. 83) ;
- dites à quel moment l'émotion atteint son paroxysme.

La constitution du couple

13 Relisez les lignes 92 à 124. Par quels moyens le narrateur traduit-il l'amour partagé des deux jeunes gens ? Pour répondre :
- relevez les expressions qui traduisent la réciprocité de leurs regards ;
- relevez les verbes pronominaux.

14 Le chiasme

> Le chiasme est une figure de style qui consiste à inverser l'ordre des termes de deux expressions symétriques selon l'ordre ABBA. Exemple : « Jeune homme, on te maudit, on t'adore vieillard » (Hugo).

a. Relevez un chiasme (l. 116 à 118). En quoi l'inversion des termes donne-t-elle plus de force au sens de l'expression ?

b. Expliquez en quoi la parole retrouvée rapproche davantage encore les jeunes gens ? Justifiez votre réponse.

15 Pourquoi ne se nomment-ils qu'après s'être « tout dit » ?

La visée

16 Quelle est la visée de cet extrait ? Quelle image le narrateur donne-t-il de l'amour dans ce texte ?

Écrire

Exercice de réécriture

17 Récrivez le passage suivant dans lequel Marius tutoiera Cosette : « Pardonnez-moi, je suis là. [...] Avez-vous lu ce que j'avais mis là, sur ce banc ? Me reconnaissez-vous un peu ? Voilà du temps déjà, vous rappelez-vous le jour où vous m'avez regardé ? [...] Et le jour où vous avez passé devant moi ? »

Écrire un récit d'imagination

18 À l'occasion d'une rencontre, une personne a suscité en vous une violente émotion (amour, haine...). Évoquez rapidement les circonstances de cette rencontre, développez et analysez les sentiments que vous avez ressentis.

Lire

19 Lisez quelques scènes qui évoquent la première rencontre amoureuse de deux personnages :

– Tristan et Iseult dans *Tristan et Iseult*, textes de Béroul et Thomas (Moyen Âge), adaptés sous forme de roman par Joseph Bédier (XXe siècle).

– Madame de Clèves et le Duc de Nemours dans *La Princesse de Clèves*, de Madame de La Fayette (XVIIe siècle).

– Le Chevalier des Grieux et Manon Lescaut dans *Histoire du chevalier des Grieux et de Manon Lescaut*, de l'Abbé Prévost (XVIIIe siècle).

– Julien Sorel et Madame de Rênal dans *Le Rouge et le Noir*, de Stendhal (XIXe siècle).

– La jeune fille et le Chinois dans *L'Amant*, de Marguerite Duras (XXe siècle).

Extrait 8

« C'était une tanière ouverte à celui auquel toutes les portes étaient fermées. »

Gavroche croise sur son chemin deux petits enfants, eux aussi abandonnés et livrés à eux-mêmes qui cherchent désespérément un endroit où dormir. Il les prend en charge, sans savoir qu'il s'agit en fait de ses jeunes frères.

II. Où le petit Gavroche tire parti de Napoléon le Grand

Il y a vingt ans, on voyait encore dans l'angle sud-est de la place de la Bastille[1], près de la gare du canal creusée dans l'ancien fossé de la prison-citadelle[2], un monument bizarre qui s'est effacé déjà de la mémoire des Parisiens, et qui méritait d'y laisser quelque trace, car c'était une pensée du « membre de l'Institut, général en chef de l'armée d'Égypte[3] ».

Nous disons monument, quoique ce ne fût qu'une maquette. Mais cette maquette elle-même, ébauche prodigieuse, cadavre grandiose d'une idée de Napoléon que deux ou trois coups de vent successifs avaient emportée et jetée à chaque fois plus loin de nous, était devenue historique, et avait pris je ne sais quoi de définitif qui contrastait avec son aspect provisoire. C'était un éléphant de quarante pieds[4] de haut, construit en charpente et en maçonnerie, portant sur son dos sa tour qui ressemblait à une maison, jadis peint en vert par un badigeonneur[5] quelconque, maintenant peint en noir par le ciel, la pluie et le temps.

1. Prison d'État que le peuple prit d'assaut et détruisit le 14 juillet 1789.
2. Désigne la Bastille.
3. Bonaparte.
4. Environ 13 mètres.
5. Peintre sans talent.

Dans cet angle désert et découvert de la place, le large front du colosse, sa trompe, ses défenses, sa tour, sa croupe énorme, ses quatre pieds pareils à des colonnes faisaient, la nuit, sur le ciel étoilé, une silhouette surprenante et terrible. On ne savait ce que cela voulait dire. C'était une sorte de symbole de la force populaire. C'était sombre, énigmatique et immense. C'était on ne sait quel fantôme puissant, visible et debout à côté du spectre[6] invisible de la Bastille.

Peu d'étrangers visitaient cet édifice, aucun passant ne le regardait. Il tombait en ruine ; à chaque saison, des plâtras[7] qui se détachaient de ses flancs lui faisaient des plaies hideuses. Les « édiles[8] », comme on dit en patois élégant, l'avaient oublié depuis 1814. Il était là dans son coin, morne[9], malade, croulant, entouré d'une palissade pourrie souillée à chaque instant par des cochers ivres ; des crevasses lui lézardaient le ventre, une latte lui sortait de la queue, les hautes herbes lui poussaient entre les jambes ; et comme le niveau de la place s'élevait depuis trente ans tout autour par ce mouvement lent et continu qui exhausse[10] insensiblement le sol des grandes villes, il était dans un creux et il semblait que la terre s'enfonçât sous lui. Il était immonde, méprisé, repoussant et superbe, laid aux yeux du bourgeois, mélancolique aux yeux du penseur. Il avait quelque chose d'une ordure qu'on va balayer et quelque chose d'une majesté qu'on va décapiter.

Comme nous l'avons dit, la nuit l'aspect changeait. La nuit est un véritable milieu de tout ce qui est ombre. Dès que tombait le crépuscule, le vieil éléphant se transfigurait[11] ; il prenait une figure tranquille et redoutable dans la formidable sérénité des ténèbres. Étant du passé, il était de la nuit ; et cette obscurité allait à sa grandeur.

6. Fantôme.
7. Débris de plâtre.
8. Magistrats romains préposés aux édifices.
9. Triste.
10. Relève.
11. Se transformait.

[...]

Ce monument, rude, trapu, pesant, âpre, austère, presque difforme, mais à coup sûr majestueux et empreint d'une sorte de gravité magnifique et sauvage, a disparu pour laisser régner en paix l'espèce de poêle gigantesque orné de son tuyau qui a remplacé la sombre forteresse à neuf tours, à peu près comme la bourgeoisie remplace la féodalité.

[...]

Quoi qu'il en soit, pour revenir à la place de la Bastille, l'architecte de l'éléphant avec du plâtre était parvenu à faire du grand ; l'architecte du tuyau de poêle a réussi à faire du petit avec du bronze.

Ce tuyau de poêle qu'on a baptisé d'un nom sonore et nommé la colonne de Juillet, ce monument manqué d'une révolution avortée, était encore enveloppé en 1832 d'une immense chemise en charpente que nous regrettons pour notre part, et d'un vaste enclos en planches, qui achevait d'isoler l'éléphant.

Ce fut vers ce coin de la place, à peine éclairé du reflet d'un réverbère éloigné, que le gamin dirigea les deux « mômes ».

Qu'on nous permette de nous interrompre ici et de rappeler que nous sommes dans la simple réalité, et qu'il y a vingt ans les tribunaux correctionnels eurent à juger, sous prévention[12] de vagabondage et de bris d'un monument public, un enfant qui avait été surpris couché dans l'intérieur même de l'éléphant de la Bastille.

Ce fait constaté, nous continuons.

En arrivant près du colosse, Gavroche comprit l'effet que l'infiniment grand peut produire sur l'infiniment petit, et dit :

– Moutards ! n'ayez pas peur.

Puis il entra par une lacune[13] de la palissade dans l'enceinte de l'éléphant et aida les mômes à enjamber la brèche. Les deux

12. Accusation.

13. Fente.

enfants, un peu effrayés, suivaient sans dire mot Gavroche et se confiaient à cette petite providence[14] en guenilles[15] qui leur avait donné du pain et leur avait promis un gîte[16].

Il y avait là, couchée le long de la palissade, une échelle qui servait le jour aux ouvriers du chantier voisin. Gavroche la souleva avec une singulière vigueur, et l'appliqua contre une des jambes de devant de l'éléphant. Vers le point où l'échelle allait aboutir, on distinguait une espèce de trou noir dans le ventre du colosse.

Gavroche montra l'échelle et le trou à ses hôtes et leur dit :

– Montez et entrez.

[…]

Ô utilité inattendue de l'inutile ! charité des grandes choses ! bonté des géants ! Ce monument démesuré qui avait contenu une pensée de l'Empereur[17] était devenu la boîte d'un gamin. Le môme avait été accepté et abrité par le colosse. Les bourgeois endimanchés[18] qui passaient devant l'éléphant de la Bastille disaient volontiers en le toisant d'un air de mépris avec leurs yeux à fleur de tête : – À quoi cela sert-il ? – Cela servait à sauver du froid, du givre, de la grêle, de la pluie, à garantir du vent d'hiver, à préserver du sommeil dans la boue qui donne la fièvre et du sommeil dans la neige qui donne la mort, un petit être sans père ni mère, sans pain, sans vêtements, sans asile[19]. Cela servait à recueillir l'innocent que la société repoussait. Cela servait à diminuer la faute publique. C'était une tanière ouverte à celui auquel toutes les portes étaient fermées.

[…]

Le trou par où Gavroche était entré était une brèche à peine visible du dehors, cachée qu'elle était, nous l'avons dit,

14. Secours inattendu.
15. Voir note 10, p. 11.
16. Abri.
17. Napoléon Ier.
18. Qui ont mis leurs plus beaux habits, ceux du dimanche.
19. Maison.

sous le ventre de l'éléphant, et si étroite qu'il n'y avait guère que des chats et des mômes qui pussent y passer.

– Commençons, dit Gavroche, par dire au portier que nous n'y sommes pas.

Et plongeant dans l'obscurité avec certitude comme quelqu'un qui connaît son appartement, il prit une planche et en boucha le trou.

Gavroche replongea dans l'obscurité. Les enfants entendirent le reniflement de l'allumette enfoncée dans la bouteille phosphorique[20]. L'allumette chimique n'existait pas encore ; le briquet Fumade représentait à cette époque le progrès.

Une clarté subite leur fit cligner les yeux ; Gavroche venait d'allumer un de ces bouts de ficelle trempés dans la résine qu'on appelle rats de cave. Le rat de cave, qui fumait plus qu'il n'éclairait, rendait confusément visible le dedans de l'éléphant.

Les deux hôtes de Gavroche regardèrent autour d'eux et éprouvèrent quelque chose de pareil à ce qu'éprouverait quelqu'un qui serait enfermé dans la grosse tonne[21] de Heidelberg[22], ou mieux encore, à ce que dut éprouver Jonas[23] dans le ventre biblique de la baleine. Tout un squelette gigantesque leur apparaissait et les enveloppait. En haut, une longue poutre brune d'où partaient de distance en distance de massives membrures cintrées figurait la colonne vertébrale avec les côtes, des stalactites[24] de plâtre y pendaient comme des viscères, et d'un côté à l'autre de vastes toiles d'araignée faisaient des diaphragmes[25] poudreux. On voyait çà et là dans les coins de grosses taches noirâtres qui avaient l'air de vivre et qui se déplaçaient rapidement avec un mouvement brusque et effaré.

20. Qui contient du phosphore et dans laquelle on mettait une allumette.
21. Tonneau gigantesque.
22. Ville allemande.
23. Personnage biblique, jeté à la mer par une tempête et avalé puis rejeté trois jours plus tard par un gros poisson.
24. Concrétion calcaire qui se forme à la voûte d'une grotte et qui pend.
25. Muscle qui sépare le thorax de l'abdomen.

Les débris tombés du dos de l'éléphant sur son ventre en avaient comblé la concavité[26], de sorte qu'on pouvait y marcher comme sur un plancher.

Le plus petit se rencogna contre son frère et dit à demi-voix :

– C'est noir.

Ce mot fit exclamer Gavroche. L'air pétrifié[27] des deux mômes rendait une secousse nécessaire.

– Qu'est-ce que vous fichez ? s'écria-t-il. Blaguons-nous ? faisons-nous les dégoûtés ? vous faut-il pas les Tuileries[28] ? Seriez-vous des brutes ? Dites-le. Je vous préviens que je ne suis pas du régiment des godiches[29]. Ah çà, est-ce que vous êtes les moutards du moutardier du pape ?

Un peu de rudoiement est bon dans l'épouvante. Cela rassure. Les deux enfants se rapprochèrent de Gavroche.

Gavroche, paternellement attendri de cette confiance, passa « du grave au doux » et s'adressant au plus petit :

– Bêta, lui dit-il en accentuant l'injure d'une nuance caressante, c'est dehors que c'est noir. Dehors il pleut, ici il ne pleut pas ; dehors il fait froid, ici il n'y a pas une miette de vent ; dehors il y a des tas de monde, ici il n'y a personne ; dehors il n'y a pas même la lune, ici il y a ma chandelle, nom d'unch !

Les deux enfants commençaient à regarder l'appartement avec moins d'effroi ; mais Gavroche ne leur laissa pas plus longtemps le loisir de la contemplation.

– Vite, dit-il.

Et il les poussa vers ce que nous sommes très heureux de pouvoir appeler le fond de la chambre.

Là était son lit.

Le lit de Gavroche était complet. C'est-à-dire qu'il y avait un matelas, une couverture et une alcôve[30] avec rideaux.

26. Creux.
27. Voir note 24, p. 57.
28. Palais royal.
29. Imbéciles, niais.
30. Enfoncement pratiqué dans un mur pour y mettre un lit.

Le matelas était une natte de paille, la couverture un assez vaste pagne de grosse laine grise fort chaud et presque neuf. Voici ce que c'était que l'alcôve :

Trois échalas[31] assez longs, enfoncés et consolidés dans les gravois[32] du sol, c'est-à-dire du ventre de l'éléphant, deux en avant, un en arrière, et réunis par une corde à leur sommet, de manière à former un faisceau pyramidal. Ce faisceau supportait un treillage de fil de laiton qui était simplement posé dessus, mais artistement appliqué et maintenu par des attaches de fil de fer, de sorte qu'il enveloppait entièrement les trois échalas. Un cordon de grosses pierres fixait tout autour ce treillage sur le sol, de manière à ne rien laisser passer. Ce treillage n'était autre chose qu'un morceau de ces grillages de cuivre dont on revêt les volières[33] dans les ménageries. Le lit de Gavroche était sous ce grillage comme dans une cage. L'ensemble ressemblait à une tente d'Esquimau.

Quatrième partie
« L'idylle rue Plumet et
l'épopée rue Saint-Denis »,
Livre sixième,
« Le petit Gavroche »,
extraits du chapitre II.

L'éléphant de la Bastille. Illustration fin XIXe siècle.

31. Pieu en bois.
32. Débris.
33. Cages à oiseaux.

Questions

Repérer et analyser

Le narrateur

1 Repérez les commentaires du narrateur. Par quel pronom le narrateur se désigne-t-il ?

2 Quel est l'intérêt de ces commentaires ? Pour répondre, distinguez :
- ceux qui guident le lecteur dans la lecture du récit ;
- ceux qui fournissent des informations au lecteur (précisez quelles sont ces informations) ;
- ceux qui permettent au narrateur de livrer ses sentiments au lecteur. Quels sont-ils ? À quel sujet ?

Le cadre

Les Misérables peuvent se lire comme un document ayant pour toile de fond un cadre géographique et historique. Victor Hugo y évoque notamment le Paris populaire.

3 **a.** Rappelez quelle ville sert de cadre à l'action. Quel endroit précis est ici évoqué (l. 1 à 6) ?
b. Quel est le « monument » qui se dresse à cet endroit ?
c. Quel personnage historique est à l'origine de cette maquette ? De quel passé cette maquette est-elle le témoin ? Pourquoi est-elle tombée en désuétude ?
d. En quelle année les événements racontés ont-ils eu lieu ? À quel moment de la journée ? Citez le texte.

4 **a.** Quel fait juridique le narrateur évoque-t-il, lignes 64 à 72 ?
b. En quoi le roman *Les Misérables* est-il ancré dans la réalité ?

L'action

5 **a.** Pour quelle raison Gavroche conduit-il les deux enfants dans l'éléphant ?
b. Comment Gavroche s'y prend-il pour entrer dans cet éléphant ?

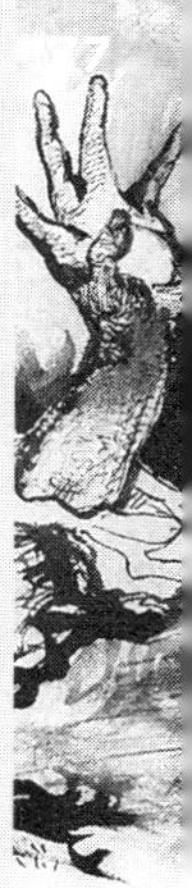

Le discours descriptif

L'éléphant

6 Selon quel point de vue dominant la maquette de l'éléphant est-elle évoquée ? Justifiez votre réponse.

7 **a.** Quelle est la hauteur de cet éléphant ? Relevez, lignes 17 à 20, deux adjectifs, un nom et une comparaison qui évoquent ses proportions.

b. Quel effet produit-il la nuit (l. 17 à 24 et 41 à 46) ?

8 **a.** Relevez les mots et expressions qui montrent que l'éléphant est délabré.

b. Relevez, lignes 37 à 40, les termes qui s'opposent. Pourquoi l'éléphant suscite-t-il ces sentiments contrastés ?

9 Quelle image le narrateur donne-t-il de l'éléphant ?

« L'appartement de Gavroche »

10 À travers les yeux de quels personnages l'appartement est-il vu (l. 123 à 160) ? Déduisez-en le point de vue adopté.

11 En quoi cet endroit peut-il apparaître merveilleux, magique ? Pour répondre :

- relevez, lignes 115 à 122, les indications d'ombre et de lumière ;
- relevez, en les associant, les éléments d'architecture et les termes qui désignent le corps de l'éléphant ;
- dites à quoi la chambre de Gavroche ressemble ; en quoi évoque-t-elle un univers lointain ?
- relevez, lignes 123 à 127, deux éléments qui confèrent une dimension magique au lieu et expliquez pourquoi.

12 Pourquoi ce lieu est-il à la fois terrifiant et rassurant ?

Les relations entre les personnages

13 **a.** Par quels sentiments les petits sont-ils dominés ? Citez le texte.

b. Comment Gavroche s'y prend-il pour les rassurer ? Justifiez votre réponse.

c. Gavroche ne sait pas qu'il s'agit de ses petits frères. Quel rôle assume-t-il pourtant ? Relevez un adverbe pour justifier votre réponse (l. 150 à 157).

Les symboles

14 **a.** Quelle est, pour le narrateur, la valeur symbolique de l'éléphant (l. 21 à 24) ?
b. Pour quelle raison le narrateur l'oppose-t-il à la colonne de la Bastille édifiée juste à côté ? Que symbolise cette dernière ?

La visée

15 Pour quelle raison Hugo apprécie-t-il l'éléphant de la Bastille ? Quel reproche Hugo adresse-t-il aux bourgeois ? Appuyez-vous sur l'ensemble de vos réponses.

Écrire

Écrire une suite

16 Imaginez la soirée que passent Gavroche et les deux petits dans l'éléphant. Vous respecterez le cadre, les personnages et vous introduirez des commentaires du narrateur.

Enquêter

17 Faites des recherches au CDI concernant l'histoire de la Bastille : à quelle époque son édification a-t-elle débuté ? quelle était sa vocation première ? à partir de quelle époque est-elle devenue une prison ? quelles personnes y étaient détenues ? quand fut-elle détruite ?
18 Documentez-vous sur le personnage de Napoléon. Aidez-vous d'un dictionnaire encyclopédique et de manuels d'histoire.

Extrait 9

« Vive la République ! fraternité ! égalité ! et la mort ! »

Le 5 juin 1832, lors de l'enterrement d'un ancien général napoléonien, le peuple en révolte contre le gouvernement du roi Louis-Philippe, se soulève. Très vite, les insurgés construisent des barricades, derrières lesquelles ils se retranchent pour affronter les forces de l'ordre. Les amis de l'ABC (voir l'extrait 2, p. 17), menés par Enjolras s'engagent dans la lutte, retranchée dans la barricade qu'il ont dressées au cœur du quartier des Halles.

I. Le drapeau – Premier acte

Un éclair empourpra toutes les façades de la rue comme si la porte d'une fournaise s'ouvrait et se fermait brusquement.

Une effroyable détonation éclata sur la barricade. Le drapeau rouge tomba. La décharge avait été si violente et si dense qu'elle en avait coupé la hampe ; c'est-à-dire la pointe même du timon[1] de l'omnibus. Des balles, qui avaient ricoché sur les corniches des maisons, pénétrèrent dans la barricade et blessèrent plusieurs hommes.

L'impression de cette première décharge fut glaçante. L'attaque était rude, et de nature à faire songer les plus hardis. Il était évident qu'on avait au moins affaire à un régiment tout entier.

1. Pièce de bois disposée à l'avant d'une voiture, pour y atteler un animal.

– Camarades, cria Courfeyrac, ne perdons pas la poudre. Attendons pour riposter qu'ils soient engagés dans la rue.

– Et, avant tout, dit Enjolras, relevons le drapeau !

Il ramassa le drapeau qui était précisément tombé à ses pieds.

On entendait au dehors le choc des baguettes dans les fusils ; la troupe rechargeait les armes.

Enjolras reprit :

– Qui est-ce qui a du cœur ici ? qui est-ce qui replante le drapeau sur la barricade ?

Pas un ne répondit. Monter sur la barricade au moment où sans doute elle était couchée en joue[2] de nouveau, c'était simplement la mort. Le plus brave hésite à se condamner. Enjolras lui-même avait un frémissement.

Emmanuel Curtil (Gavroche), dans le film de Robert Hossein : *Les Misérables*, 1982.

2. Visée par les fusils.

Il répéta :

– Personne ne se présente ?

[...]

On vit le vieillard[3] apparaître sur le seuil du cabaret. Sa présence fit une sorte de commotion dans les groupes. Un cri s'éleva :

– C'est le votant[4] ! c'est le conventionnel[5] ! c'est le représentant du peuple !

Il est probable qu'il n'entendait pas.

Il marcha droit à Enjolras, les insurgés[6] s'écartaient devant lui avec une crainte religieuse, il arracha le drapeau à Enjolras qui reculait pétrifié, et alors, sans que personne osât ni l'arrêter, ni l'aider, ce vieillard de quatre-vingts ans, la tête branlante, le pied ferme, se mit à gravir lentement l'escalier de pavés pratiqué dans la barricade. Cela était si sombre et si grand que tous autour de lui crièrent : Chapeau bas[7] ! À chaque marche qu'il montait, c'était effrayant ; ses cheveux blancs, sa face décrépite[8], son grand front chauve et ridé, ses yeux caves[9], sa bouche étonnée et ouverte, son vieux bras levant la bannière rouge, surgissaient de l'ombre et grandissaient dans la clarté sanglante de la torche ; et l'on croyait voir le spectre de 93[10] sortir de terre, le drapeau de la terreur à la main.

Quand il fut au haut de la dernière marche, quand ce fantôme tremblant et terrible, debout sur ce monceau de décombres[11] en présence de douze cents fusils invisibles, se dressa, en face de la mort et comme s'il était plus fort qu'elle, toute la barricade eut dans les ténèbres une figure surnaturelle et colossale.

3. Il s'agit de M. Mabeuf.
4. Personne qui participe au vote.
5. Membre de la Convention, c'est-à-dire de l'assemblée qui se réunit pour établir ou modifier une constitution.
6. Révolutionnaires.
7. Expression qui marque l'admiration.
8. D'une vieillesse extrême.
9. Creux.
10. Fantôme de la Terreur, période de la Révolution française.
11. Ruines qui proviennent d'un édifice détruit.

Il y eut un de ces silences qui ne se font qu'autour des prodiges[12].

Au milieu de ce silence le vieillard agita le drapeau rouge et cria :

– Vive la Révolution ! vive la République ! fraternité ! égalité ! et la mort !

On entendit de la barricade un chuchotement bas et rapide pareil au murmure d'un prêtre pressé qui dépêche une prière. C'était probablement le commissaire de police qui faisait les sommations[13] légales à l'autre bout de la rue.

Puis la même voix éclatante qui avait crié : qui vive ? cria :

– Retirez-vous !

M. Mabeuf, blême, hagard[14], les prunelles illuminées des lugubres flammes de l'égarement, leva le drapeau au-dessus de son front et répéta :

– Vive la République !

– Feu ! dit la voix.

Une seconde décharge, pareille à une mitraille, s'abattit sur la barricade.

Le vieillard fléchit sur ses genoux, puis se redressa, laissa échapper le drapeau et tomba en arrière à la renverse sur le pavé, comme une planche, tout de son long et les bras en croix.

Des ruisseaux de sang coulèrent de dessous lui. Sa vieille tête, pâle et triste, semblait regarder le ciel.

Javert, venu espionner les insurgés, est reconnu par Gavroche. Il est fait prisonnier, en attendant d'être exécuté.

Quatrième partie « L'idylle rue Plumet et l'épopée rue Saint-Denis », Livre quatorzième, « Les grandeurs du désespoir », extraits des chapitres I et II.

12. Miracles. | **13.** Avertissements. | **14.** Voir note 12, p. 30.

Repérer et analyser

Le point de vue

1 Quel est le point de vue dominant adopté par le narrateur dans ce texte ? Justifiez votre réponse.

Le cadre

L'Histoire tient une place importante dans *Les Misérables*. Le roman met en scène des personnages et des faits à la fois réels et fictifs dans un cadre géographique et historique précis ; de nombreux passages sont consacrés à l'évocation, à l'analyse ou au commentaire des événements historiques.

2 Rappelez quel est le contexte historique évoqué. Aidez-vous du hors-texte.

3 **a.** Dans quel quartier de Paris l'action se déroule-t-elle ? Aidez-vous du hors-texte.

b. Situez ce quartier sur un plan de la capitale.

4 À quel endroit précis les insurgés se trouvent-ils ?

La progression du récit

5 **a.** Quels sont les deux groupes qui s'affrontent ?

b. Les forces vous semblent-elles égales ? Appuyez-vous pour répondre sur l'expression qui désigne les assaillants (l. 11-12).

c. Relevez les mots et expressions, lignes 1 à 12, qui soulignent la violence du combat.

6 Quel événement structure la progression du récit ?

7 Quel acte M. Mabœuf accomplit-il ? Que lui arrive-t-il ?

Un personnage : M. Mabeuf

8 Quelle fonction M. Mabeuf exerce-t-il ? Citez le texte.

9 Quels éléments font de M. Mabeuf un héros ? Pour répondre :

– rappelez quel est son âge et relevez les éléments qui le caractérisent au physique ;

– montrez qu'il s'expose à un danger et relevez une expression qui montre qu'il ne craint pas la mort ;

– dites quel est l'idéal pour lequel il est prêt à mourir ;
– dites à qui il est assimilé (l. 46-47) ; quel est l'effet produit ?

10 **a.** Quelles paroles M. Mabeuf prononce-t-il ? En quoi constituent-elles une provocation ?
b. Quelles réactions son attitude suscite-t-elle au sein des autres insurgés. Citez le texte.

Les symboles

11 Que symbolise le drapeau rouge ? et les barricades ?

12 M. Mabeuf est allongé « les bras en croix » et « sembl[e] regarder le ciel ». De quel personnage biblique qui a sacrifié sa vie pour un idéal peut-il être rapproché ?

La visée

13 **a.** Quel est l'idéal des insurgés ?
b. Pour qui le narrateur prend-il fait et cause ? Quels sentiments et réactions cherche-t-il à susciter chez le lecteur ?

Débattre

14 Que pensez-vous de l'acte de M. Mabeuf ? Jusqu'où iriez-vous pour défendre une cause, un idéal ? Échangez vos points de vue en vous appuyant sur des arguments et des exemples précis. Notez vos arguments. Lors du débat, exprimez-vous correctement et respectez le temps de parole des autres.

Extrait 10

« ...je fais sauter la barricade ! »

Jean Valjean a repéré Thénardier qui rôde dans le quartier. Face aux troubles politiques qui agitent Paris et à la menace que représente Thénardier, il se décide à quitter la France pour l'Angleterre avec Cosette, qui en informe Marius. Le jeune homme se tourne vers son grand-père, M. Gillenormand, après quatre années de silence, pour lui annoncer qu'il veut épouser Cosette et qu'il a besoin d'argent pour la suivre à l'étranger. Ce dernier désapprouve ce mariage.

Marius, désespéré, est résolu à mourir puisqu'il a perdu celle qu'il aime. Il rejoint la barricade.

IV. Le baril de poudre

Marius, toujours caché dans le coude de la rue Mondétour, avait assisté à la première phase du combat, irrésolu et frissonnant. Cependant il n'avait pu résister longtemps à ce vertige mystérieux et souverain qu'on pourrait nommer l'appel de l'abîme. Devant l'imminence du péril, devant la mort de M. Mabeuf, cette funèbre énigme, devant Bahorel tué, Courfeyrac criant : à moi ! cet enfant menacé[1], ses amis à secourir ou à venger, toute hésitation s'était évanouie, et il s'était rué dans la mêlée ses deux pistolets à la main. Du premier coup il avait sauvé Gavroche et du second délivré Courfeyrac.

Aux coups de feu, aux cris des gardes frappés, les assaillants[2] avaient gravi le retranchement, sur le sommet duquel on voyait maintenant se dresser plus qu'à mi-corps, et en foule,

1. Il s'agit de Gavroche.

2. Les forces de l'ordre.

des gardes municipaux, des soldats de la ligne, des gardes nationaux de la banlieue, le fusil au poing. Ils couvraient déjà plus des deux tiers du barrage, mais ils ne sautaient pas dans l'enceinte, comme s'ils balançaient, craignant quelque piège. Ils regardaient dans la barricade obscure comme on regarderait dans une tanière de lions. La lueur de la torche n'éclairait que les bayonnettes, les bonnets à poil et le haut des visages inquiets et irrités.

Marius n'avait plus d'armes, il avait jeté ses pistolets déchargés, mais il avait aperçu un baril de poudre dans la salle basse près de la porte.

Comme il se tournait à demi, regardant de ce côté, un soldat le coucha en joue[3]. Au moment où le soldat ajustait Marius, une main se posa sur le bout du canon du fusil, et le boucha. C'était quelqu'un qui s'était élancé, le jeune ouvrier au pantalon de velours. Le coup partit, traversa la main, et peut-être aussi l'ouvrier, car il tomba, mais la balle n'atteignit pas Marius. Tout cela dans la fumée, plutôt entrevu que vu. Marius, qui entrait dans la salle basse, s'en aperçut à peine. Cependant il avait confusément vu ce canon de fusil dirigé sur lui et cette main qui l'avait bouché, et il avait entendu le coup. Mais dans des minutes comme celle-là, les choses qu'on voit vacillent[4] et se précipitent, et l'on ne s'arrête à rien. On se sent obscurément poussé vers plus d'ombre encore, et tout est nuage.

Les insurgés, surpris, mais non effrayés, s'étaient ralliés. Enjolras avait crié : Attendez ! ne tirez pas au hasard ! Dans la première confusion en effet ils pouvaient se blesser les uns les autres. La plupart étaient montés à la fenêtre du premier étage et aux mansardes d'où ils dominaient les assaillants. Les plus déterminés, avec Enjolras[5], Courfeyrac, Jean Prouvaire et Combeferre, s'étaient fièrement adossés aux maisons

3. Voir note 2, p. 81. | 4. Deviennent incertaines. | 5. Meneur des insurgés.

du fond, à découvert et faisant face aux rangées de soldats et de gardes qui couronnaient la barricade.

Tout cela s'accomplit sans précipitation, avec cette gravité étrange et menaçante qui précède les mêlées. Des deux parts on se couchait en joue, à bout portant, on était si près qu'on pouvait se parler à portée de voix. Quand on fut à ce point où l'étincelle va jaillir, un officier en hausse-col[6] et à grosses épaulettes étendit son épée et dit :

– Bas les armes !

– Feu ! dit Enjolras.

Les deux détonations partirent en même temps, et tout disparut dans la fumée.

Fumée âcre[7] et étouffante où se traînaient, avec des gémissements faibles et sourds, des mourants et des blessés.

Quand la fumée se dissipa, on vit des deux côtés les combattants, éclaircis[8], mais toujours aux mêmes places, qui rechargeaient les armes en silence.

Tout à coup, on entendit une voix tonnante qui criait :

– Allez-vous-en, ou je fais sauter la barricade !

Tous se retournèrent du côté d'où venait la voix.

Marius était entré dans la salle basse, y avait pris le baril de poudre, puis il avait profité de la fumée et de l'espèce de brouillard obscur qui emplissait l'enceinte retranchée pour se glisser le long de la barricade jusqu'à cette cage de pavés où était fixée la torche. En arracher la torche, y mettre le baril de poudre, pousser la pile de pavés sous le baril, qui s'était sur-le-champ défoncé, avec une sorte d'obéissance terrible, tout cela avait été pour Marius le temps de se baisser et de se relever ; et maintenant tous, gardes nationaux, gardes municipaux, officiers, soldats, pelotonnés à l'autre extrémité de la

6. Pièce de cuivre protégeant la base du cou.

7. Très irritante.

8. Dont les rangs étaient moins denses après la fusillade.

barricade, le regardaient avec stupeur le pied sur les pavés, la torche à la main, son fier visage éclairé par une résolution fatale, penchant la flamme de la torche vers ce monceau redoutable où l'on distinguait le baril de poudre brisé, et poussant ce cri terrifiant :

– Allez-vous-en, ou je fais sauter la barricade !

Marius sur cette barricade après l'octogénaire[9], c'était la vision de la jeune révolution après l'apparition de la vieille.

– Sauter la barricade ! dit un sergent, et toi aussi !

Marius répondit :

– Et moi aussi.

Et il approcha la torche du baril de poudre.

Mais il n'y avait déjà plus personne sur le barrage. Les assaillants, laissant leurs morts et leurs blessés, refluaient pêle-mêle et en désordre vers l'extrémité de la rue et s'y perdaient de nouveau dans la nuit. Ce fut un sauve-qui-peut.

La barricade était dégagée.

Sur la barricade, Marius reçoit un message de Cosette qui l'informe de son adresse provisoire, rue de L'Homme-Armé, jusqu'à son départ pour l'Angleterre. Marius lui répond qu'il est sans fortune pour la suivre à l'étranger, qu'il ne peut vivre sans elle et qu'il se résigne à l'idée de mourir sur la barricade. Fortuitement, Jean Valjean prend connaissance de la missive de Cosette à Marius et de la réponse du jeune homme à cette dernière. Il éprouve une secrète satisfaction à l'idée que Marius pourrait disparaître. Mais soudain, il décide de rejoindre la barricade.

Quatrième partie « L'idylle rue Plumet et l'épopée rue Saint-Denis », Livre quatorzième, « Le baril de poudre », extrait du chapitre IV.

9. Il s'agit de M. Mabeuf (voir extrait 9, p. 79).

Repérer et analyser

Le point de vue

1 Quel point de vue dominant le narrateur adopte-t-il dans cet extrait ? Quel intérêt ce choix présente-t-il ?

Le cadre et la progression du récit

2 Autour de quel élément central l'action se déroule-t-elle ?

3 **a.** Rappelez quels sont les deux groupes qui s'opposent.
b. Où les forces de l'ordre sont-elles positionnées (l. 11 à 21) ? Citez le texte. Quel risque les insurgés courent-ils ?

4 **a.** Quelles sont les différentes phases de l'affrontement ?
b. Comment Marius parvient-il à dégager la barricade ? De quelles circonstances profite-t-il ? Citez le texte.

Les paroles rapportées

5 **a.** Selon quel mode dominant les paroles des personnages sont-elles rapportées ? Qui parle ?
b. Quel intérêt ce choix présente-t-il dans cet extrait ?

Un personnage : Marius

6 **a.** Pour quelles différentes raisons Marius s'est-il décidé à entrer dans la barricade ? Aidez-vous du texte et du hors-texte.
b. Quels personnages a-t-il sauvés ?

7 **a.** En quoi le comportement de Marius est-il héroïque ?
b. Relevez, au début et à la fin de l'extrait, deux expressions qui soulignent sa détermination.

La visée

8 **a.** Quelle image le narrateur donne-t-il du personnage de Marius, des insurgés et des forces de l'ordre ?
b. Comparez l'image donnée de Marius dans cet extrait avec celle donnée dans l'extrait 7 (p. 61).

Extrait 11

« Il répondait à chaque décharge par un couplet. »

Alors que l'affrontement est à son paroxysme, les insurgés n'ont presque plus de munitions. Spontanément, Gavroche s'assigne d'aller en récupérer sur les cadavres des soldats tués.

XV. Gavroche dehors

Courfeyrac[1] tout à coup aperçut quelqu'un au bas de la barricade, dehors, dans la rue, sous les balles.

Gavroche avait pris un panier à bouteilles, dans le cabaret, était sorti par la coupure[2], et était paisiblement occupé à vider dans son panier les gibernes[3] pleines de cartouches des gardes nationaux tués sur le talus de la redoute[4].

– Qu'est-ce que tu fais là ? dit Courfeyrac.

Gavroche leva le nez :

– Citoyen, j'emplis mon panier.

– Tu ne vois donc pas la mitraille ?

Gavroche répondit :

– Eh bien, il pleut. Après ?

Courfeyrac cria :

– Rentre !

– Tout à l'heure, fit Gavroche.

Et, d'un bond, il s'enfonça dans la rue.

On se souvient que la compagnie Fannicot, en se retirant, avait laissé derrière elle une traînée de cadavres.

1. Insurgé, ami de Marius.
2. Brèche qui permet de sortir de la barricade.
3. Boîte de cuir dans laquelle les soldats mettaient leurs cartouches.
4. Fortification isolée.

Une vingtaine de morts gisaient çà et là dans toute la longueur de la rue sur le pavé. Une vingtaine de gibernes pour Gavroche. Une provision de cartouches pour la barricade.

La fumée était dans la rue comme un brouillard. Quiconque a vu un nuage tombé dans une gorge de montagnes entre deux escarpements à pic, peut se figurer cette fumée resserrée et comme épaissie par deux sombres lignes de hautes maisons. Elle montait lentement et se renouvelait sans cesse ; de là un obscurcissement graduel qui blêmissait même le plein jour. C'est à peine si, d'un bout à l'autre de la rue, pourtant fort courte, les combattants s'apercevaient.

Cet obscurcissement, probablement voulu et calculé par les chefs qui devaient diriger l'assaut de la barricade, fut utile à Gavroche.

Sous les plis de ce voile de fumée, et grâce à sa petitesse, il put s'avancer assez loin dans la rue sans être vu. Il dévalisa les sept ou huit premières gibernes sans grand danger.

Il rampait à plat ventre, galopait à quatre pattes, prenait son panier aux dents, se tordait, glissait, ondulait, serpentait d'un mort à l'autre, et vidait la giberne ou la cartouchière comme un singe ouvre une noix.

De la barricade, dont il était encore assez près, on n'osait lui crier de revenir, de peur d'appeler l'attention sur lui.

Sur un cadavre, qui était un caporal, il trouva une poire à poudre[5].

– Pour la soif, dit-il en la mettant dans sa poche. À force d'aller en avant, il parvint au point où le brouillard de la fusillade devenait transparent.

Si bien que les tirailleurs de la ligne rangés et à l'affût derrière leur levée de pavés, et les tirailleurs de la banlieue massés

5. Petite gourde en forme de poire dans laquelle on mettait la poudre servant aux armes à feu.

à l'angle de la rue, se montrèrent soudainement quelque chose qui remuait dans la fumée.

Au moment où Gavroche débarrassait de ses cartouches un sergent gisant près d'une borne, une balle frappe le cadavre.

– Fichtre ! fit Gavroche. Voilà qu'on me tue mes morts.

Une deuxième balle fit étinceler le pavé à côté de lui. Une troisième renversa son panier.

Gavroche regarda, et vit que cela venait de la banlieue.

Il se dressa tout droit, debout, les cheveux au vent, les mains sur les hanches, l'œil fixé sur les gardes nationaux qui tiraient, et il chanta[6] :

On est laid à Nanterre,
C'est la faute à Voltaire,
Et bête à Palaiseau,
C'est la faute à Rousseau.

Puis il ramassa son panier, y remit, sans en perdre une seule, les cartouches qui en étaient tombées, et, avançant vers la fusillade, alla dépouiller une autre giberne. Là une quatrième balle le manqua encore. Gavroche chanta :

Je ne suis pas notaire,
C'est la faute à Voltaire
Je suis petit oiseau
C'est la faute à Rousseau.

Une cinquième balle ne réussit qu'à tirer de lui un troisième couplet :

Joie est mon caractère,
C'est la faute à Voltaire
Misère est mon trousseau,
C'est la faute à Rousseau.

Cela continua ainsi quelque temps.

6. Chanson ironique à l'égard de ceux qui critiquent la Révolution et les philosophes qui l'ont influencée.

Le spectacle était épouvantable et charmant. Gavroche, fusillé, taquinait la fusillade. Il avait l'air de s'amuser beaucoup. C'était le moineau becquetant les chasseurs. Il répondait à chaque décharge par un couplet. On le visait sans cesse, on le manquait toujours. Les gardes nationaux et les soldats riaient en l'ajustant. Il se couchait, puis se redressait, s'effaçait dans un coin de porte, puis bondissait, disparaissait, reparaissait, se sauvait, revenait, ripostait à la mitraille par des pieds de nez, et cependant pillait les cartouches, vidait les gibernes et remplissait son panier. Les insurgés, haletants d'anxiété, le suivaient des yeux. La barricade tremblait ; lui, il chantait. Ce n'était pas un enfant, ce n'était pas un homme ; c'était un étrange gamin fée. On eût dit le nain invulnérable de la mêlée. Les balles couraient après lui, il était plus leste qu'elles. Il jouait on ne sait quel effrayant jeu de cache-cache avec la mort ; chaque fois que la face camarde du spectre[7] s'approchait, le gamin lui donnait une pichenette.

Une balle pourtant, mieux ajustée ou plus traître que les autres, finit par atteindre l'enfant feu follet. On vit Gavroche chanceler, puis il s'affaissa. Toute la barricade poussa un cri ; mais il y avait de l'Antée[8] dans ce pygmée[9] ; pour le gamin toucher le pavé, c'est comme pour le géant toucher la terre ; Gavroche n'était tombé que pour se redresser ; il resta assis sur son séant, un long filet de sang rayait son visage, il éleva ses deux bras en l'air, regarda du côté d'où était venu le coup, et se mit à chanter :

Je suis tombé par terre,
C'est la faute à Voltaire,
Le nez dans le ruisseau,
C'est la faute à…

7. Représentation traditionnelle de la mort sous forme de squelette au nez aplati.

8. Géant de la mythologie grecque qui retrouvait ses forces dès qu'il touchait le sol.
9. Homme de très petite taille.

Eugène Delacroix (1798-1863) :
La Liberté guidant le peuple.
Musée du Louvre, Paris.

Il n'acheva point. Une seconde balle du même tireur l'arrêta court. Cette fois il s'abattit la face contre le pavé, et ne remua plus. Cette petite grande âme venait de s'envoler.

Cinquième partie « Jean Valjean », Livre premier,
« La guerre entre quatre murs », extrait du chapitre XV.

Repérer et analyser

Le narrateur et le point de vue

1 Relevez, lignes 1 à 22, un commentaire par lequel le narrateur rafraîchit la mémoire de son lecteur.

2 Quel est le point de vue dominant adopté par le narrateur dans ce passage ? Justifiez votre réponse.

Le cadre, la progression et le rythme du récit

3 À quel endroit Gavroche se trouve-t-il précisément ? Justifiez votre réponse.

4 **a.** Caractérisez les conditions d'éclairage. Appuyez-vous sur un champ lexical (l. 23 à 36). En quoi l'éclairage favorise-t-il l'action de Gavroche dans un premier temps ?
b. À quel moment la situation change-t-elle ? Pour répondre, appuyez-vous sur un passage précis.

5 Relisez les lignes 52 à 79.
a. Relevez l'adverbe de temps qui signale le début du duel entre les forces de l'ordre et Gavroche.
b. Qui a d'abord le dessus ? À partir de quelle ligne la situation s'inverse-t-elle ? Quel est le sort de Gavroche ?

6 Par quels procédés le narrateur maintient-t-il la tension ? Pour répondre, appuyez-vous sur le rythme de la narration : y a-t-il ralentissement ? accélération ? Appuyez-vous sur le nombre de balles tirées sur Gavroche. Quel est l'effet produit par la présence des couplets chantés ?

Un personnage : Gavroche

La personnalité de Gavroche

7 **a.** Relevez les mots et expressions qui désignent Gavroche ainsi que les comparaisons et métaphores qui le caractérisent. Quelle image est donnée de lui ?
b. Relevez les accumulations de verbes d'action dont Gavroche est le sujet. En quoi ces accumulations verbales contribuent-elles à caractériser le personnage ?

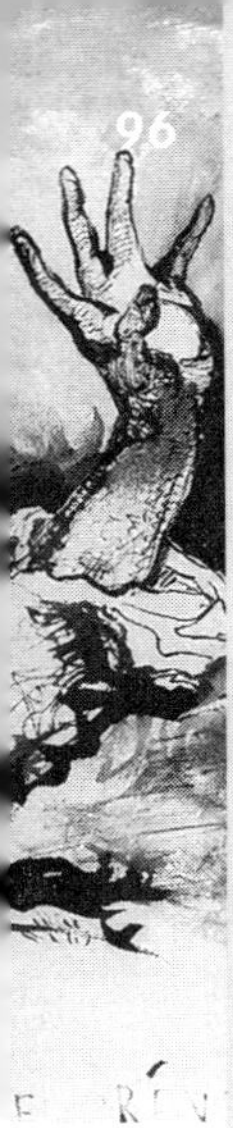

8 **a.** Relisez les paroles de Gavroche. Que révèlent-elles du personnage ?
b. En quoi les couplets de la chanson traduisent-ils la personnalité et la condition sociale de Gavroche ?

9 Relevez les mots et expressions qui traduisent l'attitude provocatrice de l'enfant (l. 55 à 60 puis 80 à 109).

10 « On le visait sans cesse, on le manquait toujours » (l. 83-84) : quelle remarque faites-vous sur le rythme de cette phrase ? En quoi cette phrase s'apparente-t-elle à un vers ? Quel en est le mètre (appuyez-vous sur le nombre de syllabes) ? Quel est l'effet produit ?

La mort de Gavroche

11 Relevez le champ lexical du jeu, puis celui de la mort (l. 80 à 96). Montrez, en citant le texte, que la mort est personnifiée. Quel est l'effet produit ?

12 À quel personnage de l'Antiquité Gavroche est-il assimilé ? Pourquoi ?

13 L'oxymore

> On appelle oxymore l'alliance de deux termes contradictoires. Exemple : un jeune vieillard, une sublime horreur…

Quel oxymore désigne Gavroche (l. 110 à 112). Quel en est le sens ?

Les relations entre les personnages

14 Quelle est la réaction des insurgés, tout au long de l'extrait, devant le comportement de l'enfant ? Citez le texte.

15 **a.** Pour quelle raison les gardes nationaux s'acharnent-ils sur cet enfant ? Représente-t-il un danger réel ?
b. Quel verbe montre que les gardes nationaux se sont pris à ce jeu cruel (l. 80 à 85) ?

La visée

16 **a.** Quel sentiment le narrateur cherche-t-il à susciter chez le lecteur ?
b. Quelle image est donnée de Gavroche ? Que symbolise cet enfant ?

Écrire

Exercice de réécriture

17 Récrivez les lignes suivantes en substituant le passé simple à l'imparfait.
« Il rampait à plat ventre, galopait à quatre pattes, prenait son panier aux dents, se tordait, glissait, ondulait, serpentait d'un mort à l'autre, et vidait la giberne ou la cartouchière comme un singe ouvre une noix. »

Enquêter

18 Faites des recherches sur Rousseau et Voltaire. À quelle époque ont-ils vécu ? Quels étaient leurs opinions politiques ? Quels idéaux défendaient-ils ?

Étudier une image

Le tableau de Delacroix *La Liberté guidant le peuple* (1830) est reproduit p. 94.

19 De quel événement historique ce tableau s'inspire-t-il ? Aidez-vous d'un dictionnaire.

20 **a.** Dans quelle attitude les personnages du premier plan figurent-ils ?
b. Quel est le personnage central du tableau ? Décrivez-le brièvement. Que symbolise-t-il ? Appuyez-vous sur des éléments précis.
c. Quel personnage pourrait s'apparenter à Gavroche ? Justifiez votre réponse.

21 Quelle image est ici donnée de la liberté ?

Extrait 12

« Jean Valjean tira de son gousset un couteau... »

Les insurgés sont en difficulté, la barricade agonise. Ordre est donné par Enjolras d'exécuter Javert, qui attend son heure dans le cabaret Corinthe où il est retenu prisonnier. Jean Valjean se propose pour le passer par les armes.

XIX. Jean Valjean se venge

Quand Jean Valjean fut seul avec Javert, il défit la corde qui assujettissait[1] le prisonnier par le milieu du corps, et dont le nœud était sous la table. Après quoi, il lui fit signe de se lever.

Javert obéit, avec cet indéfinissable sourire où se condense la suprématie[2] de l'autorité enchaînée.

Jean Valjean prit Javert par la martingale[3] comme on prendrait une bête de somme par la bricole[4], et, l'entraînant après lui, sortit du cabaret, lentement, car Javert, entravé[5] aux jambes, ne pouvait faire que de très petit pas.

Jean Valjean avait le pistolet au poing.

Ils franchirent ainsi le trapèze intérieur de la barricade. Les insurgés, tout à l'attaque imminente, tournaient le dos.

Marius, seul, placé de côté à l'extrémité gauche du barrage, les vit passer. Ce groupe du patient[6] et du bourreau s'éclaira de la lueur sépulcrale[7] qu'il avait dans l'âme.

1. Attachait.
2. Supériorité.
3. Bande de tissu placée dans le dos d'un vêtement au niveau de la taille.
4. Courroie d'un harnais.
5. Avait les jambes attachées.
6. Celui qui va être supplicié.
7. Qui évoque la mort.

Jean Valjean fit escalader, avec quelque peine, à Javert garrotté[8], mais sans le lâcher un seul instant, le petit retranchement de la ruelle Mondétour.

Quand ils eurent enjambé ce barrage, ils se trouvèrent seuls tous les deux dans la ruelle. Personne ne les voyait plus. Le coude des maisons les cachait aux insurgés. Les cadavres retirés de la barricade faisaient un monceau[9] terrible à quelques pas.

On distinguait dans le tas des morts une face livide[10], une chevelure dénouée, une main percée, et un sein de femme demi-nu. C'était Éponine[11].

Javert considéra obliquement cette morte, et, profondément calme, dit à demi-voix :

– Il me semble que je connais cette fille-là.

Puis il se tourna vers Jean Valjean.

Jean Valjean mit le pistolet sous son bras, et fixa sur Javert un regard qui n'avait pas besoin de paroles pour dire : – Javert, c'est moi.

Javert répondit :

– Prends ta revanche.

Jean Valjean tira de son gousset un couteau, et l'ouvrit.

– Un surin[12] ! s'écria Javert. Tu as raison. Cela te convient mieux.

Jean Valjean coupa la martingale que Javert avait au cou, puis il coupa les cordes qu'il avait aux poignets, puis se baissant, il coupa la ficelle qu'il avait aux pieds ; et, se redressant, il lui dit :

– Vous êtes libre.

Javert n'était pas facile à étonner. Cependant, tout maître qu'il était de lui, il ne put se soustraire à une commotion[13]. Il resta béant[14] et immobile.

8. Voir note 8, p. 55.
9. Tas.
10. Voir note 11, p. 30.
11. Voir note 26, p. 43.
12. Couteau en argot.
13. Choc.
14. Bouche-bée.

Jean Valjean poursuivit :

– Je ne crois pas que je sorte d'ici. Pourtant, si, par hasard, j'en sortais, je demeure, sous le nom de Fauchelevent, rue de l'Homme-Armé, numéro sept.

Javert eut un froncement de tigre qui lui entr'ouvrit un coin de la bouche, et il murmura entre ses dents :

– Prends garde.

– Allez, dit Jean Valjean.

Javert reprit :

– Tu as dit Fauchelevent, rue de l'Homme-Armé ?

– Numéro sept.

Javert répéta à demi-voix – Numéro sept.

Il reboutonna sa redingote, remit de la roideur[15] militaire entre ses deux épaules, fit demi-tour, croisa les bras en soutenant son menton dans une de ses mains, et se mit à marcher dans la direction des halles. Jean Valjean le suivait des yeux. Après quelques pas, Javert se retourna, et cria à Jean Valjean :

– Vous m'ennuyez. Tuez-moi plutôt.

Javert ne s'apercevait pas lui-même qu'il ne tutoyait plus Jean Valjean :

– Allez-vous-en, dit Jean Valjean.

Javert s'éloigna à pas lents. Un moment après, il tourna l'angle de la rue des Prêcheurs.

Quand Javert eut disparu, Jean Valjean déchargea le pistolet en l'air.

Puis il rentra dans la barricade et dit :

– C'est fait.

Cependant voici ce qui s'était passé :

Marius, plus occupé du dehors que du dedans, n'avait pas jusque-là regardé attentivement l'espion garrotté au fond obscur de la salle basse.

15. Raideur.

Quand il le vit au grand jour, enjambant la barricade pour aller mourir, il le reconnut. Un souvenir subit lui entra dans l'esprit. Il se rappela l'inspecteur de la rue de Pontoise, et les deux pistolets qu'il lui avait remis et dont il s'était servi, lui Marius dans cette barricade même ; et non seulement il se rappela la figure, mais il se rappela le nom.

Ce souvenir pourtant était brumeux et trouble comme toutes ses idées. Ce ne fut pas une affirmation qu'il se fit, ce fut une question qu'il s'adressa : – Est-ce que ce n'est pas là cet inspecteur de police qui m'a dit s'appeler Javert ?

Peut-être était-il encore temps d'intervenir pour cet homme ? Mais il fallait d'abord savoir si c'était bien ce Javert.

Marius interpella Enjolras qui venait de se placer à l'autre bout de la barricade.

– Enjolras ?

– Quoi ?

– Comment s'appelle cet homme-là ?

– Qui ?

– L'agent de police. Sais-tu son nom ?

– Sans doute. Il nous l'a dit.

– Comment s'appelle-t-il ?

– Javert.

Marius se dressa.

En ce moment on entendit le coup de pistolet.

Jean Valjean reparut et cria : C'est fait.

Un froid sombre traversa le cœur de Marius.

Cinquième partie « Jean Valjean », Livre premier,
« La guerre entre quatre murs », extrait du chapitre XIX.

Questions

Repérer et analyser

Le narrateur et le point de vue

1 Quel est le point de vue dominant adopté dans ce passage par le narrateur ? Justifiez votre réponse.

2 Quel est le point de vue adopté (l. 77-78) ? Quel en est l'intérêt ?

Le cadre et la progression du récit

3 Dans quels lieux successifs l'action se déroule-t-elle (l. 1 à 68) ?

4 De quoi Jean Valjean est-il chargé ? Quelles différentes actions effectue-t-il ? Laquelle constitue un coup de théâtre ?

L'ordre de la narration : les scènes parallèles

Le récit ne suit pas toujours une chronologie linéaire. Le narrateur peut procéder à un retour en arrière pour reconstituer la simultanéité des scènes (scènes qui se sont passées en même temps). Cela lui permet de multiplier les points de vue et les interprétations.

5 **a.** Quel passage se présente comme un retour en arrière ? En quoi y a-t-il scène parallèle ? Quel en est l'intérêt ?
b. Relevez la phrase qui assure la reprise du récit.

Les relations entre les personnages

Marius et Javert

6 **a.** À quel moment Marius a-t-il eu affaire à Javert ? Citez le texte et appuyez-vous sur l'extrait 4 (p. 36).
b. Quelle a été leur relation à cette occasion ?

7 **a.** Quelle idée traverse l'esprit de Marius (l. 83 à 86) ? Pourquoi ?
b. Quel effet l'idée de la mort de Javert provoque-t-elle sur lui ? Justifiez.

Javert et Jean Valjean

8 En quoi peut-on dire que le rôle des personnages est inversé ?
Pour répondre :
– rappelez qui sont Javert et Jean Valjean et dites quelle relation ils entretiennent depuis le début du roman (voir le résumé, p. 7-8) ;

– dites quel personnage est en position d'infériorité (l. 1 à 37) ; appuyez-vous sur le champ lexical de la soumission, sur une comparaison, puis sur les gestes des personnages. À qui les deux hommes sont-ils assimilés (l. 13 à 15).

9 **a.** Quelle image Javert a-t-il de Jean Valjean ? Appuyez-vous sur les répliques des lignes 34 et 36-37.
b. A-t-il peur de Jean Valjean ? Citez le texte.

10 **a.** Pourquoi Jean Valjean libère-t-il Javert et lui donne-t-il les moyens qui lui permettront de l'arrêter ?
b. Quelles sont les réactions de Javert ? Justifiez votre réponse.

11 En quoi la relation des deux hommes s'est-elle complètement modifiée ? Pour répondre :
– dites ce que traduisent les répliques des deux hommes (l. 63 et 66) ;
– relevez le pronom personnel qu'emploie Javert pour désigner Jean Valjean.

La visée et les hypothèses de lecture

12 Justifiez le titre du chapitre « Jean Valjean se venge ».

13 Quelle image est ici donnée de Javert ? et de Jean Valjean ?

14 Les deux personnages sont-ils sur un plan d'égalité à la fin de l'extrait ? Quelles hypothèses pouvez-vous émettre quant à leur relation future ? et quant aux relations entre Marius et Jean Valjean ?

Écrire

Écrire un paragraphe argumentatif

15 Qu'auriez-vous fait à la place de Jean Valjean ? Rédigez un paragraphe dans lequel vous exprimerez votre point de vue à l'aide d'arguments et d'exemples précis.

Débattre

16 Pouvons-nous faire justice nous-mêmes ? Échangez vos points de vue en vous appuyant sur des arguments et des exemples précis. Notez vos arguments. Lors du débat, exprimez-vous correctement et respectez le temps de parole des autres.

Extrait 13

« ... il présenta sa poitrine. »

La barricade va bientôt céder sous l'assaut des gardes nationaux. Les quelques insurgés encore en vie, réfugiés au cabaret Corinthe, décident de résister et de se battre jusqu'à la mort.

XXIII. Oreste[1] à jeun et Pylade[1] ivre

Enfin, se faisant la courte échelle, s'aidant du squelette de l'escalier, grimpant aux murs, s'accrochant au plafond, écharpant[2], au bord de la trappe même, les derniers qui résistaient, une vingtaine d'assiégeants, soldats, gardes nationaux, gardes municipaux, pêle-mêle, la plupart défigurés par des blessures au visage dans cette ascension redoutable, aveuglés par le sang, furieux, devenus sauvages, firent irruption dans la salle du premier étage. Il n'y avait plus là qu'un seul homme qui fût debout, Enjolras. Sans cartouches, sans épée, il n'avait plus à la main que le canon de sa carabine dont il avait brisé la crosse sur la tête de ceux qui entraient. Il avait mis le billard entre les assaillants et lui ; il avait reculé à l'angle de la salle, et là, l'œil fier, la tête haute, ce tronçon d'arme au poing, il était encore assez inquiétant pour que le vide se fût fait autour de lui. Un cri s'éleva :

– C'est le chef. C'est lui qui a tué l'artilleur[3]. Puisqu'il s'est mis là, il y est bien. Qu'il y reste. Fusillons-le sur place.

– Fusillez-moi, dit Enjolras.

1. Personnages de la mythologie grecque unis par une grande amitié.

2. Massacrant.

3. Militaire maniant entre autre le canon.

Et, jetant le tronçon[4] de sa carabine, et croisant les bras, il présenta sa poitrine.

L'audace de bien mourir émeut toujours les hommes. Dès qu'Enjolras eut croisé les bras, acceptant la fin, l'assourdissement de la lutte cessa dans la salle, et ce chaos s'apaisa subitement dans une sorte de solennité sépulcrale[5]. Il semblait que la majesté menaçante d'Enjolras désarmé et immobile pesât sur ce tumulte, et que, rien que par l'autorité de son regard tranquille, ce jeune homme, qui seul n'avait pas une blessure, superbe, sanglant, charmant, indifférent comme un invulnérable, contraignît cette cohue[6] sinistre à le tuer avec respect. Sa beauté, en ce moment-là augmentée de sa fierté, était un resplendissement, et, comme s'il ne pouvait pas plus être fatigué que blessé, après les effrayantes vingt-quatre heures qui venaient de s'écouler, il était vermeil[7] et rose. C'était de lui peut-être que parlait le témoin qui disait plus tard devant le conseil de guerre : « Il y avait un insurgé que j'ai entendu nommer Apollon[8] ». Un garde national qui visait Enjolras abaissa son arme en disant : « Il me semble que je vais fusiller une fleur. »

Douze hommes se formèrent en peloton à l'angle opposé à Enjolras, et apprêtèrent leurs fusils en silence.

Puis un sergent cria : – Joue.

Un officier intervint.

– Attendez.

Et s'adressant à Enjolras :

– Voulez-vous qu'on vous bande les yeux ?

– Non.

– Est-ce bien vous qui avez tué le sergent d'artillerie ?

– Oui.

4. Partie cassée.
5. Gravité qui évoque la mort.
6. Foule.
7. Rouge vif.
8. Dieu de la mythologie grecque, célèbre pour sa beauté.

Depuis quelques instants Grantaire[9] s'était réveillé. Grantaire, on s'en souvient, dormait depuis la veille dans la salle haute du cabaret, assis sur une chaise, affaissé sur une table.

[...]

Relégué qu'il était dans un coin et comme abrité derrière le billard, les soldats, l'œil fixé sur Enjolras, n'avaient pas même aperçu Grantaire, et le sergent se préparait à répéter l'ordre : En joue ! quand tout à coup ils entendirent une voix forte crier à côté d'eux :

– Vive la République ! J'en suis.

Grantaire s'était levé.

L'immense lueur de tout le combat qu'il avait manqué, et dont il n'avait pas été, apparut dans le regard éclatant de l'ivrogne transfiguré[10].

Il répéta : Vive la République ! traversa la salle d'un pas ferme, et alla se placer devant les fusils debout près d'Enjolras.

– Faites-en deux d'un coup, dit-il.

Et se tournant vers Enjolras avec douceur, il lui dit :

– Permets-tu ?

Enjolras lui serra la main en souriant.

Ce sourire n'était pas achevé que la détonation éclata. Enjolras, traversé de huit coups de feu, resta adossé au mur comme si les balles l'y eussent cloué. Seulement il pencha la tête.

Grantaire, foudroyé, s'abattit à ses pieds.

Quelques instants après, les soldats délogeaient les derniers insurgés réfugiés au haut de la maison. Ils tiraillaient à travers un treillis[11] de bois dans le grenier. On se battait dans les combles[12]. On jetait des corps par les fenêtres, quelques-uns vivants. Deux voltigeurs[13], qui essayaient de relever

9. L'un des insurgés.
10. Transformé.
11. Entrecroisement de lattes.
12. Partie qui sépare le dernier étage des toits.
13. Fantassin d'élite extrêmement mobile.

l'omnibus[14] fracassé, étaient tués de deux coups de carabine tirés des mansardes. Un homme en blouse en était précipité, un coup de bayonnette dans le ventre, et râlait[15] à terre. Un soldat et un insurgé glissaient ensemble sur le talus de tuiles du toit, et ne voulaient pas se lâcher, et tombaient, se tenant embrassés : d'un embrassement féroce. Lutte pareille dans la cave. Cris, coups de feu, piétinement farouche. Puis le silence. La barricade était prise.

Les soldats commencèrent la fouille des maisons d'alentour et la poursuite des fuyards.

Cinquième partie « Jean Valjean », Livre premier,
« La guerre entre quatre murs », extraits du chapitre XXIII.

Les barricades dans le film de Robert Hossein : *Les Misérables*, 1982.

14. Voiture publique transportant des voyageurs dans une ville.

15. Qui émet un bruit rauque en respirant au moment de mourir.

Questions

Repérer et analyser

Le narrateur et le point de vue

1 Relevez les commentaires du narrateur (l. 21 à 29 et 49 à 52). Quel intérêt chacun d'eux présente-t-il ?

2 Quel est le point de vue dominant adopté par le narrateur dans cet extrait ? Justifiez votre réponse.

Le cadre et la progression du récit

3 Où l'action se déroule-t-elle ? Citez le texte.

4 Quelles sont les actions qui s'enchaînent ? Appuyez-vous sur les indications temporelles.

5 Quel prétexte sert à justifier l'exécution d'Enjolras ?

6 Qu'advient-il de la barricade ?

Les paroles rapportées

7 Selon quel mode dominant les paroles sont-elles rapportées ? Justifiez votre réponse.

8 **a.** Que révèlent-elles de la personnalité d'Enjolras, de Grantaire, et de la relation qui les unit ?
b. Quel est l'idéal pour lequel ils acceptent de mourir ?

Les personnages

Enjolras

9 Dans quelle situation Enjolras se trouve-t-il (l. 1 à 15) ? À combien d'assiégeants fait-il face ? Relevez les mots et expressions qui soulignent qu'il est désarmé.

10 **a.** Enjolras a-t-il peur de mourir ? Justifiez votre réponse en citant précisément le texte.
b. Relevez les mots et expressions qui renvoient à la fierté et à la grandeur morale du personnage.
c. Quelles expressions soulignent sa beauté physique ? Pourquoi sa beauté est-elle à son paroxysme à ce moment précis ?

11 Quelle impression son courage face à la mort produit-elle sur les assiégeants ? Justifiez votre réponse.

Grantaire

12 **a.** Pourquoi Grantaire est-il en train de dormir ? Citez le texte.
b. En quoi son héroïsme consiste-t-il ?
c. Quelles expressions traduisent qu'il est porté par son idéal (l. 61 à 65) ?

Les assiégeants

13 Relevez, lignes 1 à 8 puis 74 à 86, les mots et expressions qui soulignent la violence et la sauvagerie des hommes.

La visée

14 **a.** Quelle image est donnée des insurgés ? des assaillants ? de la mort ?
b. Quels personnages Hugo admire-t-il ? Citez des mots ou expressions qui traduisent cette admiration.
15 Expliquez le titre du chapitre « Oreste à jeun et Pylade ivre ». Aidez-vous des notes.

Débattre

La citoyenneté

16 **a.** Qu'est-ce qu'être citoyen pour vous ?
b. Que pensez-vous du rôle de la jeunesse dans la politique aujourd'hui ? Vous sentez-vous impliqué par ce qui se passe dans votre pays ? Pourquoi est-ce important de voter ?

Extrait 14

« Un oiseau seul eût pu se tirer de là. »

Marius, blessé, ne s'est pas réfugié dans le cabaret. Avant de perdre connaissance, il se sent saisi par une main et croit qu'il est fait prisonnier pour être exécuté.

XXIV. Prisonnier

Marius était prisonnier en effet. Prisonnier de Jean Valjean.

La main qui l'avait étreint par derrière au moment où il tombait, et dont, en perdant connaissance, il avait senti le saisissement, était celle de Jean Valjean.

Jean Valjean n'avait pris au combat d'autre part que de s'y exposer. Sans lui, à cette phase suprême de l'agonie, personne n'eût songé aux blessés. Grâce à lui, partout présent dans le carnage comme une providence[1], ceux qui tombaient étaient relevés, transportés dans la salle basse, et pansés. Dans les intervalles, il réparait la barricade. Mais rien qui pût ressembler à un coup, à une attaque, ou même à une défense personnelle, ne sortit de ses mains. Il se taisait et secourait. Du reste, il avait à peine quelques égratignures. Les balles n'avaient pas voulu de lui. Si le suicide faisait partie de ce qu'il avait rêvé en venant dans ce sépulcre[2], de ce côté-là il n'avait point réussi. Mais nous doutons qu'il eût songé au suicide, acte irréligieux.

Jean Valjean, dans la nuée épaisse du combat, n'avait pas l'air de voir Marius ; le fait est qu'il ne le quittait pas des yeux. Quand un coup de feu renversa Marius, Jean Valjean bondit

1. Voir note 14, p. 72.
2. Tombeau.

avec une agilité de tigre, s'abattit sur lui comme sur une proie, et l'emporta.

Le tourbillon de l'attaque était en cet instant-là si violemment concentré sur Enjolras et sur la porte du cabaret que personne ne vit Jean Valjean, soutenant dans ses bras Marius évanoui, traverser le champ dépavé[3] de la barricade et disparaître derrière l'angle de la maison de Corinthe[4].

On se rappelle cet angle qui faisait une sorte de cap dans la rue ; il garantissait des balles et de la mitraille, et des regards aussi, quelques pieds[5] carrés de terrain. Il y a ainsi parfois dans les incendies une chambre qui ne brûle point, et dans les mers les plus furieuses, en deçà d'un promontoire ou au fond d'un cul-de-sac d'écueils, un petit coin tranquille. C'était dans cette espèce de repli du trapèze intérieur de la barricade qu'Éponine avait agonisé.

Là Jean Valjean s'arrêta, il laissa glisser à terre Marius, s'adossa au mur et jeta les yeux autour de lui.

La situation était épouvantable.

Pour l'instant, pour deux ou trois minutes peut-être, ce pan de muraille était un abri ; mais comment sortir de ce massacre ? Il se rappelait l'angoisse où il s'était trouvé rue Polonceau[6], huit auparavant, et de quelle façon il était parvenu à s'échapper ; c'était difficile alors, aujourd'hui c'était impossible. Il avait devant lui cette implacable et sourde maison à six étages qui ne semblait habitée que par l'homme mort penché à sa fenêtre ; il avait à sa droite la barricade assez basse qui fermait la Petite-Truanderie ; enjamber cet obstacle paraissait facile, mais on voyait au-dessus de la crête du barrage une rangée de pointes de bayonnettes. C'était la troupe de ligne,

3. Dont les pavés ont été enlevés.
4. Cabaret dans lequel sont réfugiés les insurgés.
5. Ancienne unité de mesure (0,324 m).
6. Jean Valjean, accompagné de Cosette et poursuivi par Javert dans les rues de Paris, réussit à échapper à la police en escaladant le mur du couvent du Petit-Picpus où il se réfugia.

postée au-delà de cette barricade, et aux aguets. Il était évident que franchir la barricade c'était aller chercher un feu de peloton, et que toute tête qui se risquerait à dépasser le haut de la muraille de pavés servirait de cible à soixante coups de fusil. Il avait à sa gauche le champ du combat. La mort était derrière l'angle du mur.

Que faire ?

Un oiseau seul eût pu se tirer de là.

Et il fallait se décider sur-le-champ, trouver un expédient[7], prendre un parti. On se battait à quelques pas de lui ; par bonheur tous s'acharnaient sur un point unique, sur la porte du cabaret ; mais qu'un soldat un seul, eût l'idée de tourner la maison, ou de l'attaquer en flanc[8], tout était fini.

Jean Valjean regarda la maison en face de lui, il regarda la barricade à côté de lui, puis il regarda la terre, avec la violence de l'extrémité suprême, éperdu, et comme s'il eût voulu y faire un trou avec ses yeux.

À force de regarder, on ne sait quoi de vaguement saisissable dans une telle agonie se dessina et prit forme à ses pieds, comme si c'était une puissance du regard de faire éclore la chose demandée. Il aperçut à quelques pas de lui, au bas du petit barrage si impitoyablement gardé et guetté au dehors, sous un écroulement de pavés qui la cachait en partie, une grille de fer posée à plat et de niveau avec le sol. Cette grille, faite de forts barreaux transversaux, avait environ deux pieds carrés. L'encadrement de pavés qui la maintenait avait été arraché, et elle était comme descellée[9]. À travers les barreaux on entrevoyait une ouverture obscure, quelque chose de pareil au conduit d'une cheminée ou au cylindre d'une citerne. Jean Valjean s'élança. Sa vieille science des évasions lui monta au cerveau comme une clarté. Écarter les pavés, soulever la grille,

7. Moyen de se tirer d'embarras.
8. De côté.
9. Arrachée, donc ouverte.

charger sur ses épaules Marius inerte comme un corps mort, descendre, avec ce fardeau sur les reins, en s'aidant des coudes et des genoux, dans cette espèce de puits heureusement peu profond, laisser retomber au-dessus de sa tête la lourde trappe de fer sur laquelle les pavés ébranlés croulèrent de nouveau, prendre pied sur une surface dallée à trois mètres au-dessous du sol, cela fut exécuté comme ce qu'on fait dans le délire, avec une force de géant et une rapidité d'aigle ; cela dura quelques minutes à peine.

Jean Valjean se trouva, avec Marius toujours évanoui, dans une sorte de long corridor souterrain.

Là, paix profonde, silence absolu, nuit.

L'impression qu'il avait autrefois éprouvée en tombant de la rue dans le couvent, lui revint. Seulement, ce qu'il emportait aujourd'hui, ce n'était plus Cosette ; c'était Marius.

C'est à peine maintenant s'il entendait au-dessus de lui, comme un vague murmure, le formidable tumulte du cabaret pris d'assaut.

Cinquième partie « Jean Valjean », Livre premier,
« La guerre entre quatre murs », extrait du chapitre XXIV.

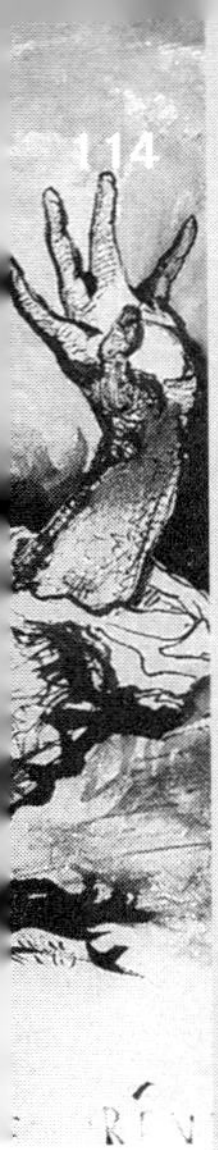

Questions

Repérer et analyser

Le narrateur et le point de vue

1 Relevez, lignes 1 à 34, deux commentaires du narrateur. Quels indices vous ont permis de les identifier ? Quel intérêt ces interventions présentent-elles ?

2 **a.** Selon quel point de vue dominant la narration est-elle faite ?
b. Quel point de vue le narrateur adopte-t-il (l. 62 à 78) ? Justifiez votre réponse.
c. Quel est l'intérêt de varier les points de vue dans cette page ?

Le cadre et l'action

3 Dans quel endroit précis l'action se déroule-t-elle (l. 22 à 34) ?

4 Par quels obstacles Jean Valjean est-il encerclé ? Justifiez votre réponse.

5 Où et avec qui Jean Valjean se trouve-t-il ?

6 Pour quelle raison a-t-il pris part au combat ? Citez le texte.

7 **a.** Quelle chance Jean Valjean a-t-il de pouvoir se sauver sans être tué (l. 37 à 61) ? Justifiez votre réponse.
b. Comment réussit-il à se tirer d'affaire ?

Les pensées rapportées

8 **a.** Repérez le passage qui rapporte les pensées de Jean Valjean au style indirect libre.
b. En quoi le narrateur favorise-t-il le suspense en rapportant ses pensées ?

Les personnages

9 Relevez les expressions métaphoriques (l. 17 à 21 et 78 à 88) qui caractérisent Jean Valjean. Lesquelles sont des métaphores animales ? L'image donnée de lui est-elle négative ou positive ?

10 Relevez les mots et expressions qui montrent que le passé de forçat de Jean Valjean se révèle utile.

11 **a.** Montrez, en citant le texte, que Jean Valjean est constamment préoccupé par Marius.
b. En quoi Marius constitue-t-il un poids supplémentaire pour Jean Valjean ? Citez précisément le texte.

La visée et les hypothèses de lecture

12 Quelle est la visée de cet extrait ? En quoi marque-t-il un temps fort dans le récit ?
13 Quel est l'intérêt d'évoquer ce qui s'est passé huit ans auparavant rue Polonceau avec Cosette ?
14 Pourquoi, selon vous, Jean Valjean a-t-il sauvé Marius ? Qu'imaginez-vous de leurs relations par la suite ?

Écrire

Exercice de réécriture

15 **a.** Transformez la phrase non-verbale suivante en phrase verbale : « Là, paix profonde, silence absolu, nuit. »
b. Quel est l'effet produit par l'emploi de la forme non verbale ?

Comparer

16 Comparez cet extrait avec l'extrait dans lequel Jean Valjean, accompagné de Cosette et traqué par Javert, échappe à ses poursuivants (*Les Misérables*, deuxième partie « Cosette », Livre cinquième, « À chasse noire meute muette », extraits des chapitres I et V – voir extrait 20 du tome I de la collection Œuvres et Thèmes).

Extrait 15

« L'eau lui venait aux aisselles. »

Les forces de police opèrent une battue dans les égouts pour traquer les derniers insurgés vaincus qui auraient pu s'y réfugier.

I. Le cloaque[1] et ses surprises

C'est dans l'égout de Paris que se trouvait Jean Valjean.

Ressemblance de plus de Paris avec la mer. Comme dans l'Océan, le plongeur peut y disparaître.

La transition était inouïe. Au milieu même de la ville, Jean Valjean était sorti de la ville ; et, en un clin d'œil, le temps de lever un couvercle et de le refermer, il avait passé du plein jour à l'obscurité complète, de midi à minuit, du fracas au silence, du tourbillon des tonnerres à la stagnation[2] de la tombe, et, par une péripétie bien plus prodigieuse encore que celle de la rue Polonceau, du plus extrême péril à la sécurité la plus absolue.

Chute brusque dans une cave ; disparition dans l'oubliette de Paris ; quitter cette rue où la mort était partout pour cette espèce de sépulcre[3] où il y avait la vie ; ce fut un instant étrange. Il resta quelques secondes comme étourdi ; écoutant, stupéfait. La chausse-trape du salut s'était subitement ouverte sous lui. La bonté céleste l'avait en quelque sorte pris par trahison. Adorables embuscades de la providence[4] !

Seulement le blessé ne remuait point, et Jean Valjean ne savait pas si ce qu'il emportait dans cette fosse était un vivant ou un mort.

1. Égout. **2.** Immobilité. **3.** Tombeau. **4.** Voir note 14, p. 72.

Sa première sensation fut l'aveuglement. Brusquement, il ne vit plus rien. Il lui sembla aussi qu'en une minute il était devenu sourd. Il n'entendait plus rien. Le frénétique orage de meurtre qui se déchaînait à quelques pieds au-dessus de lui n'arrivait jusqu'à lui, nous l'avons dit, grâce à l'épaisseur de terre qui l'en séparait, qu'éteint et indistinct, et comme une rumeur dans une profondeur. Il sentait que c'était solide sous ses pieds ; voilà tout ; mais cela suffisait. Il étendit un bras, puis l'autre, et toucha le mur des deux côtés, et reconnut que le couloir était étroit ; il glissa, et reconnut que la dalle était mouillée. Il avança un pied avec précaution, craignant un trou, un puisard[5], quelque gouffre ; il constata que le dallage se prolongeait. Une bouffée de fétidité[6] l'avertit du lieu où il était.

Au bout de quelques instants, il n'était plus aveugle. Un peu de lumière tombait du soupirail[7] par où il s'était glissé, et son regard s'était fait à cette cave. Il commença à distinguer quelque chose. Le couloir où il s'était terré, nul autre mot n'exprime mieux la situation, était muré derrière lui. C'était un de ces culs-de-sac[8] que la langue spéciale appelle branchements. Devant lui, il y avait un autre mur, un mur de nuit. La clarté du soupirail expirait à dix ou douze pas du point où était Jean Valjean, et faisait à peine une blancheur blafarde sur quelques mètres de la paroi humide de l'égout. Au-delà l'opacité était massive ; y pénétrer paraissait horrible, et l'entrée y semblait un engloutissement. On pouvait s'enfoncer pourtant dans cette muraille de brume, il le fallait. Il fallait même se hâter. Jean Valjean songea que cette grille, aperçue par lui sous les pavés, pouvait l'être par les soldats, et que tout tenait à ce hasard. Ils pouvaient descendre eux aussi dans ce puits et le fouiller.

5. Sorte de puits destiné à recevoir les résidus liquides.
6. Puanteur infecte.
7. Ouverture pratiquée pour donner du jour et de l'air.
8. Voie sans issue.

Il n'y avait pas une minute à perdre. Il avait déposé Marius sur le sol, il le ramassa, ceci est encore le mot vrai, le reprit sur ses épaules et se mit en marche. Il entra résolument dans cette obscurité.

La réalité est qu'ils étaient moins sauvés que Jean Valjean ne le croyait. Des périls d'un autre genre et non moins grands les attendaient peut-être. Après le tourbillon fulgurant du combat, la caverne des miasmes[9] et des pièges ; après le chaos, le cloaque. Jean Valjean était tombé d'un cercle de l'enfer dans l'autre.

Quand il eut fait cinquante pas, il fallut s'arrêter. Une question se présenta. Le couloir aboutissait à un autre boyau qu'il rencontrait transversalement. Là s'offraient deux voies. Laquelle prendre ? fallait-il tourner à gauche ou à droite ? Comment s'orienter dans ce labyrinthe noir ? Ce labyrinthe, nous l'avons fait remarquer, a un fil ; c'est sa pente. Suivre la pente, c'est aller à la rivière.

Jean Valjean le comprit sur-le-champ.

Il se dit qu'il était probablement dans l'égout des Halles ; que, s'il choisissait à gauche et suivait la pente, il arriverait avant un quart d'heure à quelque embouchure sur la Seine entre le Pont-au-Change et le Pont-Neuf, c'est-à-dire à une apparition en plein jour sur le point le plus peuplé de Paris. Peut-être aboutirait-il à quelque cagnard[10] de carrefour. Stupeur des passants de voir deux hommes sanglants sortir de terre sous leurs pieds. Survenue des sergents de ville, prise d'armes du corps de garde[11] voisin. On serait saisi avant d'être sorti. Il valait mieux s'enfoncer dans le dédale[12], se fier à cette noirceur, et s'en remettre à la providence quant à l'issue.

Il remonta la pente et prit à droite.

[…]

9. Émanations auxquelles on attribuait des maladies infectieuses.

10. Sortie d'égout.

11. Troupe montant la garde.

12. Labyrinthe.

Lino Ventura (Jean Valjean) et Franck David (Marius) dans le film de Robert Hossein : *Les Misérables*, 1982.

VI. Le Fontis[13]

[…]

Jean Valjean sentit le pavé se dérober sous lui. Il entra dans cette fange[14]. C'était de l'eau à la surface, de la vase au fond. Il fallait bien passer. Revenir sur ses pas était impossible. Marius était expirant[15], et Jean Valjean exténué. Où aller d'ailleurs ?

13. Effondrement d'une galerie souterraine. | **14.** Boue. | **15.** Mourant.

Jean Valjean avança. Du reste la fondrière[16] parut peu profonde aux premiers pas. Mais à mesure qu'il avançait, ses pieds plongeaient. Il eut bientôt de la vase jusqu'à mi-jambe et de l'eau plus haut que les genoux. Il marchait, exhaussant[17] de ses deux bras Marius le plus qu'il pouvait au-dessus de l'eau. La vase lui venait maintenant aux jarrets et l'eau à la ceinture. Il ne pouvait déjà plus reculer. Il enfonçait de plus en plus. Cette vase, assez dense pour le poids d'un homme, ne pouvait évidemment en porter deux. Marius et Jean Valjean eussent eu chance de s'en tirer, isolément. Jean Valjean continua d'avancer, soutenant ce mourant, qui était un cadavre peut-être.

L'eau lui venait aux aisselles ; il se sentait sombrer ; c'est à peine s'il pouvait se mouvoir dans la profondeur de bourbe où il était. La densité, qui était le soutien, était aussi l'obstacle. Il soulevait toujours Marius, et, avec une dépense de force inouïe, il avançait ; mais il enfonçait. Il n'avait plus que la tête hors de l'eau, et ses deux bras élevant Marius. Il y a, dans les vieilles peintures du déluge[18], une mère qui fait ainsi de son enfant.

Il enfonça encore, il renversa sa face en arrière pour échapper à l'eau et pouvoir respirer ; qui l'eût vu dans cette obscurité eût cru voir un masque flottant sur de l'ombre ; il apercevait vaguement au-dessus de lui la tête pendante et le visage livide[19] de Marius ; il fit un effort désespéré, et lança son pied en avant ; son pied heurta on ne sait quoi de solide. Un point d'appui. Il était temps.

[...]

Jean Valjean se retrouve miraculeusement dehors, sur la berge de la Seine.

16. Trous remplis d'eau et de boue.
17. Soulevant.
18. Le Déluge est un épisode biblique qui relate une terrible inondation envoyée sur terre par Dieu pour punir les hommes devenus mauvais.
19. Voir note 11, p. 30.

IX. Marius fait l'effet d'être mort à quelqu'un qui s'y connaît

Jean Valjean ne put s'empêcher de contempler cette vaste ombre claire qu'il avait au-dessus de lui ; pensif, il prenait dans le majestueux silence du ciel éternel un bain d'extase et de prière. Puis, vivement, comme si le sentiment d'un devoir lui revenait, il se courba vers Marius, et, puisant de l'eau dans le creux de sa main, il lui en jeta doucement quelques gouttes sur le visage. Les paupières de Marius ne se soulevèrent pas ; cependant sa bouche entr'ouverte respirait.

Jean Valjean allait plonger de nouveau sa main dans la rivière, quand tout à coup il sentit je ne sais quelle gêne, comme lorsqu'on a, sans le voir, quelqu'un derrière soi.

Nous avons déjà indiqué ailleurs cette impression, que tout le monde connaît.

Il se retourna.

Comme tout à l'heure, quelqu'un en effet était derrière lui.

Un homme de haute stature, enveloppé d'une longue redingote, les bras croisés, et portant dans son poing droit un casse-tête dont on voyait la pomme de plomb, se tenait debout à quelques pas en arrière de Jean Valjean accroupi sur Marius.

C'était, l'ombre aidant, une sorte d'apparition. Un homme simple en eût eu peur à cause du crépuscule, et un homme réfléchi à cause du casse-tête.

Jean Valjean reconnut Javert.

Cinquième partie « Jean Valjean », Livre troisième,
« La boue, mais l'âme », extraits des chapitres I, VI et IX.

Repérer et analyser

Le narrateur et le point de vue

1 Relevez quelques interventions du narrateur et dites si :
- elles accompagnent le lecteur dans sa lecture ;
- elles justifient un choix lexical ;
- elles font part d'une réflexion générale ;
- elles expriment une émotion (appuyez-vous sur les types et formes de phrases).

2 Montrez, en citant des exemples précis, que le narrateur mêle le point de vue omniscient et le point de vue de Jean Valjean. Quel intérêt cette alternance présente-t-elle ?

Le cadre

3 Où l'action se déroule-t-elle ? Citez le texte.

4 Relevez les oppositions (l. 4 à 10). Que mettent-elles en valeur ? Quel est l'effet produit ?

5 À quoi le Paris souterrain est-il comparé au début de l'extrait ? Justifiez cette comparaison.

6 Relevez les mots et expressions qui désignent et caractérisent l'égout (l. 11 à 20 puis 63 à 66). Quelle image en est donnée ?

7 En quoi l'obscurité est-elle un élément dramatique ?

La progression de l'action

8 Que tente de faire Jean Valjean ?

9 Relevez le champ lexical de la mort qui « évoque une descente au tombeau » (l. 1 à 20).

10 **a.** Quel événement se produit (l. 82 à 85) ?
b. Montrez que la situation empire (l. 86 à 110). Appuyez-vous notamment sur les indications temporelles, les superlatifs, les oppositions et le champ lexical de la descente.

11 Quel autre élément constitue un temps fort ?

Les pensées rapportées

12 **a.** Relevez les passages dans lesquels le narrateur rapporte les paroles et les pensées de Jean Valjean.

b. Lesquelles sont rapportées au style indirect ? Lesquelles sont rapportées au style indirect libre ?
c. Quelles sont les interrogations et les doutes émis par Jean Valjean ?

Les personnages

13 **a.** Quel est l'état physique de Marius (l. 18 à 20) ?
b. À quel moment le lecteur apprend-il qu'il est vivant ? En quoi cela rend-il encore plus admirable le parcours de Jean Valjean ?
14 **a.** Relevez les mots et expressions qui montrent que Jean Valjean se dépasse physiquement.
b. En quoi se dépasse-t-il également sur le plan moral ? Rappelez les sentiments qu'il éprouve pour Marius.
c. Quels gestes a-t-il à l'égard du jeune homme (l. 115 à 119) ?
15 Relevez les mots et expressions qui désignent et caractérisent Javert. Quelle image est donnée de lui ? Quel effet son apparition produit-elle ? Justifiez votre réponse.

Les symboles

16 **a.** Relevez une évocation biblique (aidez-vous des notes) ainsi que les termes qui évoquent la religion.
b. Quel passage peut évoquer le baptême chrétien ?
c. Expliquez l'oxymore « ombre claire » (l. 113). Que symbolise cette clarté ?
17 Que peut symboliser la boue ?

La visée et les hypothèses de lecture

18 **a.** Expliquez le titre du Livre troisième : « La boue, mais l'âme ».
b. Quel effet le narrateur cherche-t-il à produire sur le lecteur ?
19 À quelle suite le lecteur peut-il s'attendre ?

Écrire

Imaginer une suite

20 Imaginez, en une trentaine de lignes, une suite immédiate à ce texte.

Extrait 16

« Mais comment s'y prendre pour donner sa démission à Dieu ? »

Javert arrête Jean Valjean et l'autorise à conduire Marius chez son grand-père, M. Gillenormand. Les deux hommes se rendent ensuite à l'endroit où réside l'ancien forçat. Javert demande à ce dernier de monter chez lui, l'avertissant qu'il l'attend en bas de l'immeuble. Mais alors que Jean Valjean se penche par la fenêtre du palier, il constate que Javert a disparu. L'inspecteur de police se dirige vers la Seine…

Sa situation était inexprimable.

Devoir la vie à un malfaiteur, accepter cette dette et la rembourser, être, en dépit de soi-même, de plain-pied[1] avec un repris de justice[2], et lui payer un service avec un autre service ; se laisser dire : Va-t'en, et lui dire à son tour : Sois libre ; sacrifier à des motifs personnels le devoir, cette obligation générale, et sentir dans ces motifs personnels quelque chose de général aussi, et de supérieur peut-être ; trahir la société pour rester fidèle à sa conscience ; que toutes ces absurdités se réalisassent et qu'elles vinssent s'accumuler sur lui-même, c'est ce dont il était atterré[3].

Une chose l'avait étonné, c'était que Jean Valjean lui eût fait grâce, et une chose l'avait pétrifié, c'était que, lui Javert, il eût fait grâce à Jean Valjean.

Où en était-il ? Il se cherchait et ne se trouvait plus. Que faire maintenant ? Livrer Jean Valjean, c'était mal ; laisser

1. Au même niveau.
2. Personne qui a été condamnée pour infraction à la loi.
3. Consterné, stupéfait.

Jean Valjean libre, c'était mal. Dans le premier cas, l'homme de l'autorité tombait plus bas que l'homme du bagne ; dans le second, un forçat montait plus haut que la loi et mettait le pied dessus. Dans les deux cas, déshonneur pour lui Javert. Dans tous les partis qu'on pouvait prendre, il y avait de la chute. La destinée a de certaines extrémités à pic sur l'impossible, et au-delà desquelles la vie n'est plus qu'un précipice. Javert était à une de ces extrémités-là.

[…]

Toutes sortes de nouveautés énigmatiques s'entr'ouvraient devant ses yeux. Il s'adressait des questions, et il se faisait des réponses, et ses réponses l'effrayaient. Il se demandait : Ce forçat, ce désespéré, que j'ai poursuivi jusqu'à le persécuter, et qui m'a eu sous son pied, et qui pouvait se venger, et qui le devait tout à la fois pour sa rancune et pour sa sécurité, en me laissant la vie, en me faisant grâce, qu'a-t-il fait ? Son devoir. Non. Quelque chose de plus. Et moi, en lui faisant grâce à mon tour, qu'ai-je fait ? Mon devoir. Non. Quelque chose de plus. Il y a donc quelque chose de plus que le devoir ? Ici il s'effarait ; sa balance se disloquait[4] ; l'un des plateaux tombait dans l'abîme, l'autre s'en allait dans le ciel ; et Javert n'avait pas moins d'épouvante de celui qui était en haut que de celui qui était en bas. Sans être le moins du monde ce qu'on appelle voltairien[5], ou philosophe, ou incrédule[6], respectueux au contraire, par instinct, pour l'Église établie, il ne la connaissait que comme un fragment auguste[7] de l'ensemble social ; l'ordre était son dogme[8] et lui suffisait ; depuis qu'il avait l'âge d'homme et de fonctionnaire, il mettait dans la police à peu près toute sa religion, étant, et nous employons ici les mots sans la moindre ironie et dans leur acception[9]

4. Se cassait.
5. Qui adopte l'incrédulité, l'anticléricalisme, l'ironie du philosophe Voltaire (XVIIIe s.).
6. Incroyant, irréligieux.
7. Voir note 20, p. 41.
8. Règle de croyance.
9. Signification donnée à un mot.

la plus sérieuse, étant, nous l'avons dit, espion comme on est prêtre. Il avait un supérieur, M. Gisquet ; il n'avait guère songé jusqu'à ce jour à cet autre supérieur, Dieu.

Ce chef nouveau, Dieu, il le sentait inopinément[10], et en était troublé.

Il était désorienté de cette présence inattendue ; il ne savait que faire de ce supérieur-là, lui qui n'ignorait pas que le subordonné est tenu de se courber toujours, qu'il ne doit ni désobéir, ni blâmer, ni discuter, et que, vis-à-vis d'un supérieur qui l'étonne trop, l'inférieur n'a d'autre ressource que sa démission.

Mais comment s'y prendre pour donner sa démission à Dieu ?

[…]

L'endroit où Javert s'était accoudé[11] était, on s'en souvient, précisément situé au-dessus du rapide de la Seine, à pic sur cette redoutable spirale de tourbillons qui se dénoue et se renoue comme une vis sans fin.

Javert pencha la tête et regarda. Tout était noir. On ne distinguait rien. On entendait un bruit d'écume ; mais on ne voyait pas la rivière. Par instants, dans cette profondeur vertigineuse, une lueur apparaissait et serpentait vaguement, l'eau ayant cette puissance, dans la nuit la plus complète, de prendre la lumière on ne sait où et de la changer en couleuvre. La lueur s'évanouissait et tout redevenait indistinct. L'immensité semblait ouverte là. Ce qu'on avait au-dessous de soi, ce n'était pas de l'eau, c'était du gouffre. Le mur du quai, abrupt, confus, mêlé à la vapeur, tout de suite dérobé, faisait l'effet d'un escarpement de l'infini.

On ne voyait rien, mais on sentait la froideur hostile de l'eau et l'odeur fade des pierres mouillées. Un souffle farouche

10. D'une manière imprévue, inattendue.

11. Javert s'est accoudé contre le parapet.

montait de cet abîme. Le grossissement du fleuve plutôt deviné qu'aperçu, le tragique chuchotement du flot, l'énormité lugubre[12] des arches du pont, la chute imaginable dans ce vide sombre, toute cette ombre était pleine d'horreur.

Javert demeura quelques minutes immobile, regardant cette ouverture de ténèbres ; il considérait l'invisible avec une fixité qui ressemblait à de l'attention. L'eau bruissait. Tout à coup, il ôta son chapeau et le posa sur le rebord du quai. Un moment après, une figure haute et noire, que de loin quelque passant attardé eût pu prendre pour un fantôme, apparut debout sur le parapet, se courba vers la Seine, puis se redressa, et tomba droite dans les ténèbres ; il y eut un clapotement sourd ; et l'ombre seule fut dans le secret des convulsions de cette forme obscure disparue sous l'eau.

Cinquième partie « Jean Valjean », extraits du Livre quatrième, « Javert déraillé ».

***Javert déraillé*. Illustration fin XIXe siècle.**

12. Sinistre.

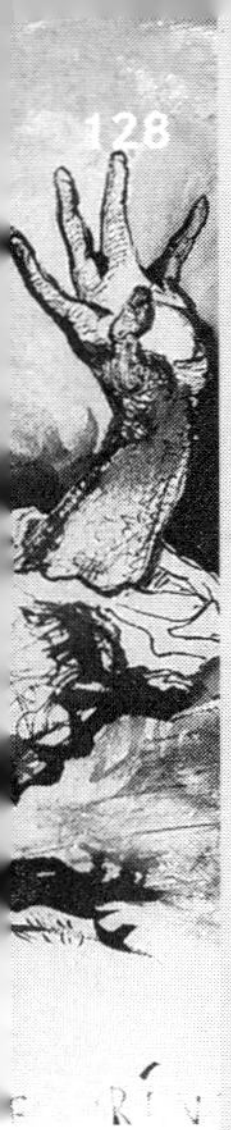

Questions

Repérer et analyser

Le narrateur et le point de vue

1 **a.** Relevez les interventions du narrateur qui guident le lecteur (l. 39 à 49, puis 61 à 64).
b. Relevez une intervention dans laquelle le narrateur commente un choix lexical.

2 Identifiez le point de vue dominant adopté par le narrateur dans cet extrait. Justifiez votre réponse.

Le cadre

3 Où et à quel moment l'action se déroule-t-elle ? Justifiez votre réponse.

4 En quoi le cadre revêt-il une grande intensité dramatique ? Pour répondre :
- relevez, lignes 61 à 91, les mots et expressions qui renvoient à la perception visuelle, puis relevez le champ lexical de l'obscurité ;
- identifiez, dans les mêmes lignes, les mots et expressions qui évoquent la profondeur ;
- relevez, enfin, le champ lexical de la terreur.

Les pensées rapportées

5 Relevez les pensées rapportées. De qui le narrateur rapporte-t-il les pensées ? Selon quel mode sont-elles rapportées (style direct, indirect, indirect libre) ? Justifiez votre réponse.

6 Le récit de paroles

> Le narrateur peut se limiter à signaler que des propos ont été tenus sur un sujet quelconque : c'est le récit de paroles.

Relevez lignes, 26 à 32, les propos rapportés selon le récit de paroles.

7 Quel intérêt l'emploi de ces différents modes de pensées rapportées présente-t-il ?

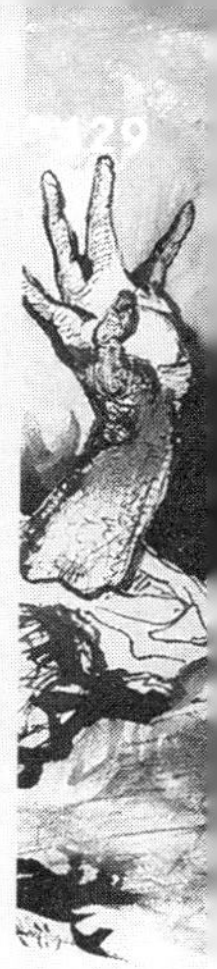

Un personnage : Javert

8 **a.** Relisez les lignes 1 à 14 et 26 à 59. Quel est l'état intérieur de Javert ? Appuyez-vous sur des termes précis.
b. Devant quel dilemme (voir la leçon, p. 46) Javert se trouve-t-il ? Justifiez votre réponse.

9 **a.** Quelles étaient les valeurs de Javert jusqu'à ce que le geste de Jean Valjean vienne les remettre en question ? Citez le texte.
b. Relevez les passages qui montrent que toutes les certitudes, les valeurs de Javert sont réduites à néant, que son monde s'écroule.
c. De quel principe supérieur a-t-il la révélation ?
d. Pourquoi son suicide est-il inévitable ?

La visée

10 **a.** Quelle image est ici donnée de Javert ? En quoi cette image diffère-t-elle de celle des autres scènes dans lesquelles il apparaît ?
b. Expliquez le titre du chapitre : « Javert déraillé ».
c. Quels sentiments, émotions, réflexions, le narrateur cherche-t-il à susciter chez le lecteur à travers ce passage ?

Écrire

Exercice de réécriture

11 Récrivez au style direct puis indirect les phrases suivantes et dites quelles transformations vous avez effectuées.
« Que faire maintenant ? Livrer Jean Valjean, c'était mal ; laisser Jean Valjean libre, c'était mal ».

Rédiger une lettre

12 Imaginez la lettre de Javert à Jean Valjean, dans les moments qui précèdent son suicide. Il développe les raisons qui l'ont poussé à laisser la liberté à l'ancien forçat.

Extrait 17

« Il se rappelait... »

Marius ignore qu'il doit la vie à Jean Valjean, qu'il connaît sous le nom de Fauchelevent. M. Gillenormand finit par consentir au mariage de son petit-fils et de Cosette. Il assiste à la cérémonie, et signera le registre à la place de Jean Valjean qui a le bras en écharpe.

II. Jean Valjean a toujours son bras en écharpe

Réaliser son rêve. À qui cela est-il donné ? Il doit y avoir des élections pour cela dans le ciel ; nous sommes tous candidats à notre insu[1] ; les anges votent. Cosette et Marius avaient été élus.

Cosette, à la mairie et dans l'église, était éclatante et touchante. C'était Toussaint, aidée de Nicolette, qui l'avait habillée.

Cosette avait sur une jupe de taffetas[2] blanc sa robe de guipure de Binche[3], un voile de point d'Angleterre, un collier de perles fines, une couronne de fleurs d'oranger ; tout cela était blanc, et, dans cette blancheur, elle rayonnait. C'était une candeur[4] exquise se dilatant et se transfigurant dans de la clarté. On eût dit une vierge en train de devenir déesse.

Les beaux cheveux de Marius étaient lustrés[5] et parfumés ; on entrevoyait çà et là, sous l'épaisseur des boucles, des lignes pâles qui étaient les cicatrices de la barricade.

Le grand-père, superbe, la tête haute, amalgamant[6] plus que jamais dans sa toilette et dans ses manières toutes les élégances du temps de Barras[7], conduisait Cosette. Il remplaçait

1. Sans le savoir.
2. Tissu de soie.
3. Dentelle fabriquée à Binche, en Belgique.
4. Innocence.
5. Brillants.
6. Réunissant.
7. Homme politique français (1755-1829).

Jean Valjean qui, à cause de son bras en écharpe, ne pouvait donner la main à la mariée.

Jean Valjean, en noir, suivait et souriait.

Monsieur Fauchelevent, lui disait l'aïeul[8], voilà un beau jour. Je vote la fin des afflictions[9] et des chagrins ! Il ne faut plus qu'il y ait de tristesse nulle part désormais. Pardieu ! je décrète la joie ! Le mal n'a pas le droit d'être. Qu'il y ait des hommes malheureux, en vérité, cela est honteux pour l'azur du ciel. Le mal ne vient pas de l'homme qui, au fond, est bon. Toutes les misères humaines ont pour chef-lieu et pour gouvernement central l'enfer, autrement dit les Tuileries du diable. Bon, voilà que je dis des mots démagogiques[10] à présent ! Quant à moi, je n'ai plus d'opinion politique ; que tous les hommes soient riches, c'est-à-dire joyeux, voilà à quoi je me borne.

Quand, à l'issue de toutes les cérémonies, après avoir prononcé devant le maire et devant le prêtre tous les oui possibles, après avoir signé les registres à la municipalité et à la sacristie[11], après avoir échangé leurs anneaux, après avoir été à genoux coude à coude sous le poêle de moire[12] blanche dans la fumée de l'encensoir[13], ils arrivèrent se tenant par la main, admirés et enviés de tous, Monsieur Marius en noir, elle en blanc, précédés du suisse[14] à épaulettes de colonel frappant les dalles de sa hallebarde[15], entre deux haies d'assistants émerveillés, sous le portail de l'église ouvert à deux battants, prêts à remonter en voiture et tout étant fini, Cosette ne pouvait encore y croire. Elle regardait Marius, elle regardait la foule,

8. Le grand-père.
9. Peines.
10. Qui flattent les passions et les préjugés du peuple.
11. Salle, attenante à une église, où l'on range les vases sacrés, les ornements servant à la célébration de la messe.
12. Étoffe de soie à reflets chatoyants.
13. Objet suspendu à de petites chaînes, dans lequel on brûle de l'encens (parfum).
14. Employé d'une église, chargé des processions.
15. Arme dont la pointe porte un côté en fer en forme de hache, de l'autre un fer en forme de crochet.

elle regardait le ciel ; il semblait qu'elle eût peur de se réveiller. Son air étonné et inquiet lui ajoutait on ne sait quoi d'enchanteur. Pour s'en retourner, ils montèrent ensemble dans la même voiture, Marius près de Cosette ; M. Gillenormand et Jean Valjean leur faisaient vis-à-vis. La tante Gillenormand[16] avait reculé d'un plan, et était dans la seconde voiture. – Mes enfants, disait le grand-père, vous voilà monsieur le baron[17] et madame la baronne avec trente mille livres de rente. Et Cosette, se penchant tout contre Marius, lui caressa l'oreille de ce chuchotement angélique : – C'est donc vrai. Je m'appelle Marius. Je suis madame Toi.

Ces deux êtres resplendissaient. Ils étaient à la minute irrévocable et introuvable, à l'éblouissant point d'intersection de toute la jeunesse et de toute la joie. Ils réalisaient le vers de Jean Prouvaire[18] ; à eux deux, ils n'avaient pas quarante ans. C'était le mariage sublimé, ces deux enfants étaient deux lys. Ils ne se voyaient pas, ils se contemplaient. Cosette apercevait Marius dans une gloire[19] ; Marius apercevait Cosette sur un autel[20]. Et sur cet autel et dans cette gloire, les deux apothéoses[21] se mêlant, au fond, on ne sait comment, derrière un nuage pour Cosette, dans un flamboiement pour Marius, il y avait la chose idéale, la chose réelle, le rendez-vous du baiser et du songe, l'oreiller nuptial[22].

[…]

Ces félicités[23] sont les vraies. Pas de joie hors de ces joies-là. L'amour, c'est là l'unique extase. Tout le reste pleure.

Aimer ou avoir aimé, cela suffit. Ne demandez rien ensuite. On n'a pas d'autre perle à trouver dans les plis ténébreux de la vie. Aimer est un accomplissement.

16. Il s'agit de la sœur de M. Gillenormand.
17. Marius porte le titre de son père qui a été anobli par Napoléon.
18. Ami de Marius.
19. Cercle lumineux.
20. Marius élève Cosette au rang d'une divinité.
21. Déifications.
22. Relatif aux noces.
23. Choses qui contribuent au bonheur.

[…]

Jean Valjean rentra chez lui. Il alluma sa chandelle et monta. L'appartement était vide. Toussaint elle-même n'y était plus. Le pas de Jean Valjean faisait dans les chambres plus de bruit qu'à l'ordinaire. Toutes les armoires étaient ouvertes. Il pénétra dans la chambre de Cosette. Il n'y avait pas de draps au lit. L'oreiller de coutil[24], sans taie et sans dentelles, était posé sur les couvertures pliées au pied des matelas dont on voyait la toile et où personne ne devait plus coucher. Tous les petits objets féminins auxquels tenait Cosette avaient été emportés ; il ne restait que les gros meubles et les quatre murs. Le lit de Toussaint était également dégarni. Un seul lit était fait et semblait attendre quelqu'un ; c'était celui de Jean Valjean.

Jean Valjean regarda les murailles, ferma quelques portes d'armoires, alla et vint d'une chambre à l'autre.

Puis il se retrouva dans sa chambre, et il posa sa chandelle sur une table.

Il avait dégagé son bras de l'écharpe, et il se servait de la main droite comme s'il n'en souffrait pas.

Il s'approcha de son lit, et ses yeux s'arrêtèrent, fut-ce par hasard ? fut-ce avec intention ? sur l'*inséparable*, dont Cosette avait été jalouse, sur la petite malle qui ne le quittait jamais. Le 4 juin, en arrivant rue de l'Homme-Armé, il l'avait déposée sur un guéridon près de son chevet. Il alla à ce guéridon avec une sorte de vivacité, prit dans sa poche une clef, et ouvrit la valise.

Il en tira lentement les vêtements avec lesquels, dix ans auparavant, Cosette avait quitté Montfermeil ; d'abord la petite robe noire, puis le fichu noir, puis les bons gros souliers d'enfant que Cosette aurait presque pu mettre encore, tant elle avait le pied petit, puis la brassière de futaine[25] bien épaisse,

24. Toile en coton épaisse.
25. Vêtement de bébé, petite chemise à manches en tissu de fil et de coton.

puis le jupon de tricot, puis le tablier à poches, puis les bas de laine. Ces bas où était encore gracieusement marquée la forme d'une petite jambe, n'étaient guère plus longs que la main de Jean Valjean. Tout cela était de couleur noire. C'était lui qui avait apporté ces vêtements pour elle à Montfermeil. À mesure qu'il les ôtait de la valise, il les posait sur le lit. Il pensait. Il se rappelait. C'était en hiver, un mois de décembre très froid, elle grelottait à demi nue dans des guenilles[26], ses pauvres petits pieds tout rouges dans des sabots. Lui Jean Valjean, il lui avait fait quitter ces haillons[27] pour lui faire mettre cet habillement de deuil. La mère avait dû être contente dans sa tombe de voir sa fille porter son deuil, et surtout de voir qu'elle était vêtue et qu'elle avait chaud. Il pensait à cette forêt de Montfermeil ; ils l'avaient traversée ensemble, Cosette et lui ; il pensait au temps qu'il faisait, aux arbres sans feuilles, au bois sans oiseaux, au ciel sans soleil ; c'est égal, c'était charmant. Il rangea les petites nippes[28] sur le lit, le fichu près du jupon, les bas à côté des souliers, la brassière à côté de la robe, et il les regarda l'une après l'autre. Elle n'était pas plus haute que cela, elle avait sa grande poupée dans ses bras, elle avait mis son louis d'or dans la poche de ce tablier, elle riait, ils marchaient tous les deux se tenant par la main, elle n'avait que lui au monde.

Alors sa vénérable[29] tête blanche tomba sur le lit, ce vieux cœur stoïque[30] se brisa, sa face s'abîma[31] pour ainsi dire dans les vêtements de Cosette, et si quelqu'un eût passé dans l'escalier en ce moment, on eût entendu d'effrayants sanglots.

Cinquième partie « Jean Valjean », Livre sixième,
« La nuit blanche », extraits du chapitre II.

26. Voir note 10, p. 11.
27. Voir note 21, p. 57.
28. Vêtements.
29. Qui inspire un grand respect.
30. Courageux.
31. Plongea.

Repérer et analyser

Le narrateur et le point de vue

1 Relevez un commentaire du narrateur sur l'amour. Qu'en dit-il ?

2 Montrez, à partir de quelques exemples, que le narrateur adopte le plus souvent le point de vue omniscient. Dans quel passage adopte-t-il le point de vue de Jean Valjean ? Quel est l'intérêt de cette alternance de points de vue ?

Le cadre et l'action

3 **a.** Dans quels lieux l'action se déroule-t-elle (l. 1 à 74) ? Quel événement est célébré ?
b. Dans quel lieu se poursuit-elle (l. 76 à 132) ? Pour quelle raison ?

4 Relevez les mots, expressions et tournures négatives qui renvoient au dénuement de l'appartement de Jean Valjean. Quel élément de l'appartement est ainsi mis en valeur ?

L'esthétique du contraste

5 Relevez quelques exemples d'oppositions qui jalonnent le texte (l. 1 à 74, puis 76 à 132).

6 **a.** Relevez deux retours en arrière (l. 76 à 132). Quels moments de la vie de Cosette sont rappelés au lecteur par ce procédé ?
b. En quoi ces retours en arrière permettent-ils au narrateur de souligner les effets de contrastes ? Quel est l'effet produit ?

Les paroles rapportées

7 **a.** Selon quel mode (style direct, indirect, indirect libre) les paroles de M. Gillenormand sont-elles rapportées ?
b. Quel sentiment exprime-t-il (l. 22 à 25) ? Appuyez-vous notamment sur les types de phrases.
c. Contre quoi M. Gillenormand s'insurge-t-il dans les lignes 25 à 33 ? À qui attribue-t-il le malheur des hommes ?

Les personnages et leurs relations

M. Gillenormand et Jean Valjean

8 Relevez un adjectif, lignes 16 à 20, qui renvoie à l'élégance et à la joie de M. Gillenormand.

9 Montrez que Jean Valjean est légèrement en retrait (l. 18 à 21).

Cosette et Marius

10 **a.** Comment Cosette est-elle vêtue ? À qui est-elle assimilée ?
b. Quelle image est donnée de Marius (l. 13 à 15) ?

11 Montrez que le couple est sublimé et sacralisé. Pour répondre :
– relevez un verbe et un adjectif qui soulignent le rayonnement des jeunes gens (l. 57 à 59) ;
– relevez les mots et expressions qui traduisent l'intensité du regard (l. 59 à 68) ;
– relevez les mots et expressions qui renvoient à l'idéalisation et au lexique religieux.

12 Quel effet ce couple produit-il sur les assistants ? Justifiez.

Jean Valjean et Cosette

13 Dans quelle situation Jean Valjean se trouve-t-il une fois chez lui ?

14 **a.** Pourquoi Jean Valjean n'a-t-il jamais montré le contenu de la petite malle à Cosette ?
b. Pourquoi choisit-il de l'ouvrir le jour des noces de la jeune femme ?
c. Quels vêtements suscitent son émotion ? Citez le texte.

15 **a.** Relevez les mots et expressions qui renvoient à ce que Jean Valjean a fait pour Cosette et aux moments passés ensemble.
b. Quelle image Jean Valjean garde-t-il de Cosette ? En quoi contraste-t-elle avec celle donnée dans les lignes 1 à 74 ?
c. Quels sentiments Jean Valjean éprouve-t-il (l. 129 à 132) ?

Les symboles

Le noir et le blanc

Le noir est la contre-couleur du blanc. Symboliquement, en Occident, il est associé aux ténèbres, à la mort, au deuil. Le blanc, dans de nombreuses cultures, symbolise la pureté. Dans l'Antiquité, lors des sacrifices, les animaux blancs étaient destinés aux êtres célestes, les animaux noirs à ceux des enfers.

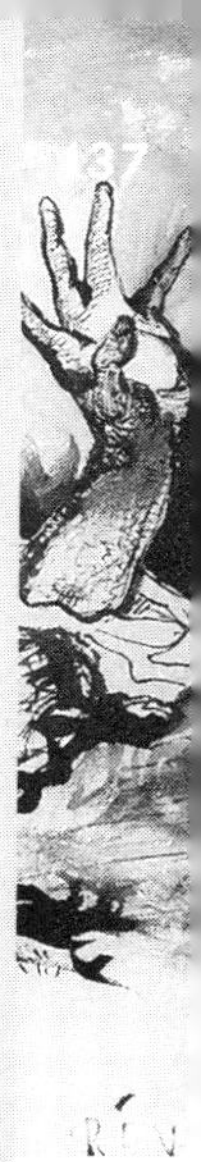

16 **a.** Relevez, lignes 7 à 20, le champ lexical du blanc. Pourquoi cette couleur est-elle associée à Cosette à ce moment précis de son existence ? Que symbolise-t-elle ?
b. Quelle était la couleur des vêtements de Cosette enfant (l. 101 à 110) ? Que symbolise cette couleur ? Justifiez votre réponse.

17 Pourquoi Jean Valjean est-il vêtu de noir sur un plan symbolique ?

Le lys

Le lys est une fleur blanche, symbole de pureté, d'innocence, de virginité. C'est la fleur de l'amour, d'un amour intense et sublimé.

18 Relevez la phrase du texte dans laquelle Cosette et Marius sont assimilés au lys.

La visée et les hypothèses de lecture

19 Quelle image est donnée de Jean Valjean dans cet extrait ? A-t-il accompli la promesse faite à Fantine (voir le résumé, p. 7-8) ? Quel en est le prix pour lui ?

20 Pourquoi, selon vous, a-t-il gardé le bras en écharpe durant la cérémonie ? Échangez vos hypothèses.

21 Quels sentiments et émotions le narrateur cherche-t-il à produire chez le lecteur à travers ce passage ?

Enquêter

22 Faites des recherches sur la vie de Léopoldine Hugo et sur la relation qu'elle avait avec son père. Quels éléments de cette page peuvent renvoyer à l'histoire de l'auteur et de sa fille ?

Débattre

23 « Le mal ne vient pas de l'homme qui, au fond, est bon ». Êtes-vous d'accord avec cette conception de l'humanité ? Échangez vos points de vue.

Extrait 18

« ... aujourd'hui, pour vivre, je ne veux pas voler un nom. »

Durant la nuit, Jean Valjean est en proie au dilemme moral de révéler ou non sa véritable identité à Marius. Le lendemain, il se rend chez le jeune homme.

I. Le septième cercle et le huitième ciel

– Monsieur, dit Jean Valjean, j'ai une chose à vous dire. Je suis un ancien forçat.

La limite des sons aigus perceptibles peut être tout aussi bien dépassée pour l'esprit que pour l'oreille. Ces mots : *Je suis un ancien forçat*, sortant de la bouche de M. Fauchelevent et entrant dans l'oreille de Marius, allaient au-delà du possible. Marius n'entendit pas. Il lui sembla que quelque chose venait de lui être dit ; mais il ne sut quoi. Il resta béant[1].

Il s'aperçut alors que l'homme qui lui parlait était effrayant. Tout à son éblouissement, il n'avait pas jusqu'à ce moment remarqué cette pâleur terrible.

Jean Valjean dénoua la cravate noire qui lui soutenait le bras droit, défit le linge roulé autour de sa main, mit son pouce à nu et le montra à Marius.

– Je n'ai rien à la main, dit-il.

Marius regarda le pouce.

– Je n'y ai jamais rien eu, reprit Jean Valjean.

Il n'y avait en effet aucune trace de blessure.

1. Bouche-bée.

Jean Valjean poursuivit :

– Il convenait que je fusse absent de votre mariage. Je me suis fait absent le plus que j'ai pu. J'ai supposé cette blessure pour ne point faire un faux, pour ne pas introduire de nullité dans les actes du mariage, pour être dispensé de signer.

Marius bégaya :

– Qu'est-ce que cela veut dire ?

– Cela veut dire, répondit Jean Valjean, que j'ai été aux galères.

– Vous me rendez fou ! s'écria Marius épouvanté.

– Monsieur Pontmercy, dit Jean Valjean, j'ai été dix-neuf ans aux galères. Pour vol. Puis j'ai été condamné à perpétuité. Pour vol. Pour récidive. À l'heure qu'il est, je suis en rupture de ban[2].

Marius avait beau reculer devant la réalité, refuser le fait, résister à l'évidence, il fallait s'y rendre. Il commença à comprendre, et comme cela arrive toujours en pareil cas, il comprit au-delà. Il eut le frisson d'un hideux[3] éclair intérieur ; une idée, qui le fit frémir, lui traversa l'esprit. Il entrevit dans l'avenir, pour lui-même, une destinée difforme[4].

– Dites tout, dites tout ! cria-t-il. Vous êtes le père de Cosette !

Et il fit deux pas en arrière avec un mouvement d'indicible[5] horreur.

Jean Valjean redressa la tête dans une telle majesté d'attitude qu'il sembla grandir jusqu'au plafond.

Il est nécessaire que vous me croyiez ici, monsieur ; et, quoique notre serment à nous autres ne soit pas reçu en justice…

Ici il fit un silence, puis avec une sorte d'autorité souveraine et sépulcrale[6], il ajouta en articulant lentement et en pesant sur les syllabes :

2. En infraction avec la loi.

3. Voir note 13, p. 30.

4. Monstrueux.

5. Inexprimable.

6. Qui évoque la mort.

– … Vous me croirez. Le père de Cosette, moi ! devant Dieu, non. Monsieur le baron Pontmercy, je suis un paysan de Faverolles. Je gagnais ma vie à émonder[7] des arbres. Je ne m'appelle pas Fauchelevent, je m'appelle Jean Valjean. Je ne suis rien à Cosette. Rassurez-vous.

Marius balbutia :

– Qui me prouve ?…

– Moi. Puisque je le dis.

Marius regarda cet homme. Il était lugubre[8] et tranquille. Aucun mensonge ne pouvait sortir d'un tel calme. Ce qui est glacé est sincère. On sentait le vrai dans cette froideur de tombe.

– Je vous crois, dit Marius.

Jean Valjean inclina la tête comme pour prendre acte, et continua :

– Qui suis-je pour Cosette ? un passant. Il y a dix ans, je ne savais pas qu'elle existât. Je l'aime, c'est vrai. Une enfant qu'on a vue petite, étant soi-même déjà vieux, on l'aime. Quand on est vieux, on se sent grand-père pour tous les petits enfants. Vous pouvez, ce me semble, supposer que j'ai quelque chose qui ressemble à un cœur. Elle était orpheline. Sans père ni mère. Elle avait besoin de moi. Voilà pourquoi je me suis mis à l'aimer. C'est si faible les enfants, que le premier venu, même un homme comme moi, peut être leur protecteur. J'ai fait ce devoir-là vis-à-vis de Cosette. Je ne crois pas qu'on puisse vraiment appeler si peu de chose une bonne action ; mais si c'est une bonne action, eh bien, mettez que je l'ai faite. Enregistrez cette circonstance atténuante. Aujourd'hui Cosette quitte ma vie, nos deux chemins se séparent. Désormais je ne suis plus rien pour elle. Elle est madame Pontmercy. Sa providence[9]

7. Débarrasser les arbres des branches nuisibles ou inutiles.
8. Voir note 8, p. 50.
9. Ce n'est plus Jean Valjean qui la protège, mais Marius.

a changé. Et Cosette gagne au change. Tout est bien. Quant aux six cent mille francs, vous ne m'en parlez pas, mais je vais au-devant de votre pensée, c'est un dépôt. Comment ce dépôt était-il entre mes mains ? Qu'importe ? Je rends le dépôt. On n'a rien de plus à me demander. Je complète la restitution en disant mon vrai nom. Ceci encore me regarde. Je tiens, moi, à ce que vous sachiez qui je suis.

Et Jean Valjean regarda Marius en face.

Tout ce qu'éprouvait Marius était tumultueux et incohérent. De certains coups de vent de la destinée font de ces vagues dans notre âme.

Nous avons tous eu de ces moments de trouble dans lesquels tout se disperse en nous ; nous disons les premières choses venues, lesquelles ne sont pas toujours précisément celles qu'il faudrait dire. Il y a des révélations subites qu'on ne peut porter et qui enivrent[10] comme un vin funeste[11]. Marius était stupéfié de la situation nouvelle qui lui apparaissait, au point de parler à cet homme presque comme quelqu'un qui lui en aurait voulu de cet aveu.

– Mais enfin, s'écria-t-il, pourquoi me dites-vous tout cela ? Qu'est-ce qui vous y force ? Vous pouviez garder le secret à vous-même. Vous n'êtes ni dénoncé, ni poursuivi, ni traqué ? Vous avez une raison pour faire, de gaîté de cœur, une telle révélation. Achevez. Il y a autre chose. À quel propos faites-vous cet aveu ? Pour quel motif ?

– Pour quel motif ? répondit Jean Valjean d'une voix si basse et si sourde qu'on eût dit que c'était à lui-même qu'il parlait plus qu'à Marius. Pour quel motif, en effet, ce forçat vient-il dire : Je suis un forçat ? Eh bien oui ! le motif est étrange. C'est par honnêteté. Tenez, ce qu'il y a de malheureux, c'est un fil que j'ai là dans le cœur et qui me tient attaché. C'est surtout

10. Rendent ivres.

11. Mortel.

quand on est vieux que ces fils-là sont solides. Toute la vie se défait alentour ; ils résistent. Si j'avais pu arracher ce fil, le casser, dénouer le nœud ou le couper, m'en aller bien loin, j'étais sauvé, je n'avais qu'à partir ; il y a des diligences rue du Bouloi ; vous êtes heureux, je m'en vais. J'ai essayé de rompre, ce fil, j'ai tiré dessus, il a tenu bon, il n'a pas cassé, je m'arracherais le cœur avec. Alors j'ai dit : Je ne puis pas vivre ailleurs que là. Il faut que je reste. Eh bien oui, vous avez raison, je suis un imbécile, pourquoi ne pas rester tout simplement ? Vous m'offrez une chambre dans la maison, madame Pontmercy m'aime bien, elle dit à ce fauteuil : tends-lui les bras, votre grand-père ne demande pas mieux que de m'avoir, je lui vas, nous habiterions tous ensemble, repas en commun, je donnerai le bras à Cosette… – à madame de Pontmercy, pardon, c'est l'habitude, – nous n'aurons qu'un toit, qu'une table, qu'un feu, le même coin de cheminée l'hiver, la même promenade l'été, c'est la joie cela, c'est le bonheur cela, c'est tout, cela. Nous vivrons en famille. En famille !

À ce mot, Jean Valjean devint farouche. Il croisa les bras, considéra le plancher à ses pieds comme s'il voulait y creuser un abîme, et sa voix fut tout à coup éclatante :

– En famille ! non. Je ne suis d'aucune famille, moi. Je ne suis pas de la vôtre. Je ne suis pas de celle des hommes. Les maisons où l'on est entre soi, j'y suis de trop. Il y a des familles, mais ce n'est pas pour moi. Je suis le malheureux ; je suis dehors. Ai-je eu un père et une mère ? j'en doute presque. Le jour où j'ai marié cette enfant, cela a été fini, je l'ai vue heureuse, et qu'elle était avec l'homme qu'elle aime, et qu'il y avait là un bon vieillard, un ménage de deux anges, toutes les joies dans cette maison, et que c'était bien, et je me suis dit : Toi, n'entre pas. Je pouvais mentir, c'est vrai, vous tromper tous, rester monsieur Fauchelevent. Tant que cela a été pour elle, j'ai pu mentir ; mais maintenant ce serait pour moi, je ne le dois pas. Il suffisait de me taire, c'est vrai, et tout continuait Vous me demandez ce qui me force à parler ? une drôle de chose, ma conscience. Me taire, c'était pourtant bien facile. J'ai passé la nuit à tâcher de me le persuader ; vous me confessez, et ce que je viens vous dire est si extraordinaire que vous en avez le droit ; eh bien oui, j'ai passé la nuit à me donner des raisons, je me suis donné de très bonnes raisons, j'ai fait ce que j'ai pu, allez. Mais il y a deux choses où je n'ai pas réussi ; ni à casser le fil qui me tient par le cœur fixé, rivé[12] et scellé[13] ici, ni à faire taire quelqu'un qui me parle bas quand je suis seul. C'est pourquoi je suis venu vous avouer tout ce matin. Tout, ou à peu près tout. Il y a de l'inutile à dire qui ne concerne que moi ; je le garde pour moi. L'essentiel, vous le savez. Donc j'ai pris mon mystère, et je vous l'ai apporté. Et j'ai éventré mon secret sous vos yeux.

[…]

Jean Valjean fit encore une pause, avalant sa salive avec effort comme si ses paroles avaient un arrière-goût amer, et il reprit :

– Quand on a une telle horreur sur soi, on n'a pas le droit de la faire partager aux autres à leur insu[14], on n'a pas le droit de leur communiquer sa peste, on n'a pas le droit de les faire glisser dans son précipice sans qu'ils s'en aperçoivent, on n'a pas le droit de laisser traîner sa casaque[15] rouge sur eux, on n'a pas le droit d'encombrer sournoisement de sa misère le bonheur d'autrui. S'approcher de ceux qui sont sains et les toucher dans l'ombre avec son ulcère[16] invisible, c'est hideux. Fauchelevent a eu beau me prêter son nom, je n'ai pas le droit de m'en servir ; il a pu me le donner, je n'ai pas pu le prendre. Un nom, c'est un moi. Voyez-vous, monsieur, j'ai un peu pensé, j'ai un peu lu, quoique je sois un paysan ; et je me rends compte

12. Attaché solidement, enchaîné.
13. Fixé.
14. Sans qu'ils le sachent.
15. Veste portée par les forçats.
16. Plaie qui ne cicatrise pas.

des choses. Vous voyez que je m'exprime convenablement. Je me suis fait une éducation à moi. Eh bien oui, soustraire un nom et se mettre dessous, c'est déshonnête. Des lettres de l'alphabet, cela s'escroque comme une bourse ou comme une montre. Être une fausse signature en chair et en os, être une fausse clef vivante, entrer chez d'honnêtes gens en trichant leur serrure, ne plus jamais regarder, loucher toujours, être infâme au-dedans de moi, non ! non ! non ! non ! Il vaut mieux souffrir, saigner, pleurer, s'arracher la peau de la chair avec les ongles, passer les nuits à se tordre dans les angoisses, se ronger le ventre et l'âme. Voilà pourquoi je viens vous raconter tout cela. De gaîté de cœur comme vous dites.

Il respira péniblement, et jeta ce dernier mot :

– Pour vivre, autrefois, j'ai volé un pain ; aujourd'hui, pour vivre, je ne veux pas voler un nom.

Cinquième partie « Jean Valjean », Livre septième,
« La dernière gorgée du calice », extraits du chapitre I.

Repérer et analyser

Le narrateur et le point de vue

1 Relevez les passages dans lesquels le narrateur se livre à des réflexions de portée générale. Sur quel sujet portent-elles ?

2 À qui le pronom « nous « (l. 91) renvoie-t-il ? Quelle relation le narrateur entretient-il avec son lecteur ?

3 Montrez, à partir d'exemples, que le narrateur témoigne d'une connaissance parfaite des sentiments et pensées de chacun des personnages. Quel point de vue adopte-t-il dans l'extrait ?

La progression du récit

4 Quel aveu Jean Valjean fait-il à Marius ? Pour quelle raison s'est-il résolu à le faire à ce moment précis ? Citez le texte.

5 **a.** Quels passages constituent des retours en arrière ? Par qui ces retours en arrière sont-ils pris en charge ?
b. Ces retours en arrière fournissent-ils des informations nouvelles ?
c. Quelle en est la fonction ?

Les relations entre les personnages

Jean Valjean et Cosette

6 Par quel terme Jean Valjean se définit-il vis-à-vis de Cosette (l. 65 à 67) ? Pour quelle raison ?

7 Analysez les procédés qui expriment la force de l'amour qu'éprouve Jean Valjean pour Cosette. Pour répondre :
- dites combien de fois apparaît le verbe « aimer » (l. 65 à 72) ;
- relevez la métaphore par laquelle le narrateur désigne l'amour qui le lie à Cosette ;
- relevez les mots et expressions qui montrent que Jean Valjean ne peut se séparer de Cosette.

Marius et Jean Valjean

8 **a.** Quelles sont les réactions successives de Marius à l'aveu de Jean Valjean ? Citez le texte.

b. Quel sentiment Marius éprouve-t-il pour Jean Valjean ? À qui pense-t-il surtout ? Citez le texte.

Le parcours de Jean Valjean

L'aveu

9 Relevez les mots et expressions qui traduisent l'état intérieur de Jean Valjean au moment de l'aveu (l. 9 à 11, 47 à 49, 160 à 162 et 187).

Le nom

10 **a.** Relevez, lignes 163 à 189, la phrase qui exprime que le nom du personnage est lié à son identité.

b. Pour quelle raison Jean Valjean ressent-il le besoin de se réapproprier son « vrai » nom ?

L'exclusion

11 Relevez, dans l'ensemble de l'extrait, quelques expressions qui soulignent que Jean Valjean est, depuis sa naissance et jusqu'à ce jour, un exclu.

La grandeur du personnage

12 **a.** À quelle occasion Jean Valjean a-t-il déjà révélé son nom par le passé ? Aidez-vous du résumé du tome I, p. 7-8.

b. En quoi, dans la première occasion comme dans celle-ci, a-t-il fait passer son devoir au-dessus de son intérêt personnel ?

c. Relevez, lignes 42 à 54, les mots et expressions qui traduisent la grandeur morale du personnage.

13 **a.** Quel a été le parcours de Jean Valjean depuis qu'il a volé un pain ?

b. Qu'importe le plus pour Jean Valjean : la reconnaissance sociale ou la conquête du Bien ? Justifiez votre réponse en vous appuyant notamment sur la valeur qu'il défend dans l'ensemble de l'extrait.

La visée et les hypothèses de lecture

14 Quelle image est donnée de Jean Valjean dans cet extrait ?

15 Quelles pourraient être, selon vous, les conséquences de l'aveu de Jean Valjean sur ses relations avec Marius ? et avec Cosette ?

Extrait 19

« Quelque ange immense était debout... »

Jean Valjean fait promettre à Marius de ne rien révéler de son secret à Cosette. Marius s'y engage et saisit cette occasion pour éloigner le vieil homme de la jeune femme, demandant à Jean Valjean de ne visiter Cosette que le soir. L'ancien forçat respecte cette condition, mais souffre infiniment du mépris de Marius et du mensonge qui le sépare de Cosette. Il en tombe malade de chagrin.

Marius reçoit la visite de Thénardier, venu l'informer de la véritable identité de Jean Valjean, qu'il dit avoir croisé dans les égouts, portant un cadavre sur le dos. Il exhibe à Marius un fragment de vêtement qui appartenait au mort. Marius reconnaît le morceau de son habit et comprend alors que c'est Jean Valjean qui lui a sauvé la vie.

Jean Valjean se meurt. Cosette et Marius, bouleversés, se précipitent à son chevet.

V. Nuit derrière laquelle il y a le jour

[...]

Quand un être qui nous est cher va mourir, on le regarde avec un regard qui se cramponne à lui et qui voudrait le retenir. Tous deux, muets d'angoisse, ne sachant que dire à la mort, désespérés et tremblants, étaient debout devant lui, Cosette donnant la main à Marius.

D'instant en instant, Jean Valjean déclinait. Il baissait ; il se rapprochait de l'horizon sombre. Son souffle était devenu intermittent[1] ; un peu de râle[2] l'entrecoupait. Il avait de

1. Discontinu, irrégulier.

2. Voir note 15, p. 107.

la peine à déplacer son avant-bras, ses pieds avaient perdu tout mouvement, et en même temps que la misère des membres et l'accablement du corps croissait[3], toute la majesté de l'âme montait et se déployait sur son front. La lumière du monde inconnu était déjà visible dans sa prunelle.

Sa figure blêmissait et en même temps souriait. La vie n'était plus là, il y avait autre chose. Son haleine tombait, son regard grandissait. C'était un cadavre auquel on sentait des ailes.

Il fit signe à Cosette d'approcher, puis à Marius ; c'était évidemment la dernière minute de la dernière heure, et il se mit à leur parler d'une voix si faible qu'elle semblait venir de loin, et qu'on eût dit qu'il y avait dès à présent une muraille entre eux et lui.

– Approche, approchez tous deux. Je vous aime bien. Oh ! c'est bon de mourir comme cela ! Toi aussi, tu m'aimes, ma Cosette. Je savais bien que tu avais toujours de l'amitié pour ton vieux bonhomme. Comme tu es gentille de m'avoir mis ce coussin sous les reins ! Tu me pleureras un peu, n'est-ce pas ? Pas trop. Je ne veux pas que tu aies de vrais chagrins. Il faudra vous amuser beaucoup, mes enfants. J'ai oublié de vous dire que sur les boucles sans ardillons[4] on gagnait encore plus que sur tout le reste. La grosse, les douze douzaines, revenait à dix francs, et se vendait soixante. C'était vraiment un bon commerce. Il ne faut donc pas s'étonner des six cent mille francs, monsieur Pontmercy. C'est de l'argent honnête. Vous pouvez être riches tranquillement. Il faudra avoir une voiture, de temps en temps une loge aux théâtres, de belles toilettes de bal, ma Cosette, et puis donner de bons dîners à vos amis, être très heureux. J'écrivais tout à l'heure à Cosette. Elle trouvera ma lettre. C'est à elle que je lègue les deux chandeliers qui sont sur la cheminée. Ils sont en argent ; mais pour moi

3. Augmentait.

4. Boucle sans pointe de métal qui s'engage dans le trou d'une courroie, d'une ceinture.

ils sont en or, ils sont en diamant ; ils changent les chandelles qu'on y met, en cierges. Je ne sais pas si celui qui me les a donnés[5] est content de moi là-haut. J'ai fait ce que j'ai pu. Mes enfants, vous n'oublierez pas que je suis un pauvre, vous me ferez enterrer dans le premier coin de terre venu sous une pierre pour marquer l'endroit. C'est là ma volonté. Pas de nom sur la pierre. Si Cosette veut venir un peu quelquefois, cela me fera plaisir. Vous aussi, monsieur Pontmercy. Il faut que je vous avoue que je ne vous ai pas toujours aimé ; je vous en demande pardon. Maintenant, elle et vous, vous n'êtes qu'un pour moi. Je vous suis très reconnaissant. Je sens que vous rendez Cosette heureuse. Si vous saviez, monsieur Pontmercy, ses belles joues roses, c'était ma joie ; quand je la voyais un peu pâle, j'étais triste. Il y a dans la commode un billet de cinq cents francs. Je n'y ai pas touché. C'est pour les pauvres. Cosette, vois-tu ta petite robe, là, sur le lit ? la reconnais-tu ? Il n'y a pourtant que dix ans de cela. Comme le temps passe ! Nous avons été bien heureux. C'est fini. Mes enfants, ne pleurez pas, je ne vais pas très loin. Je vous verrai de là. Vous n'aurez qu'à regarder quand il fera nuit, vous me verrez sourire. Cosette, te rappelles-tu Montfermeil ? Tu étais dans le bois, tu avais bien peur ; te rappelles-tu quand j'ai pris l'anse du seau ? C'est la première fois que j'ai touché ta pauvre petite main. Elle était si froide ! Ah ! vous aviez les mains rouges dans ce temps-là, mademoiselle, vous les avez bien blanches maintenant. Et la grande poupée ! te rappelles-tu ? Tu la nommais Catherine. Tu regrettais de ne pas l'avoir emmenée au couvent ! Comme tu m'as fait rire des fois, mon doux ange ! Quand il avait plu, tu embarquais sur les ruisseaux des brins de paille, et tu les regardais aller. Un jour, je t'ai donné une raquette en osier, et un volant avec des plumes jaunes, bleues,

5. Il s'agit de M. Myriel (voir résumé, p. 7-8 et Classiques Hatier, volume 1, p. 50 à 52).

vertes. Tu l'as oublié, toi. Tu étais si espiègle toute petite ! Tu jouais. Tu te mettais des cerises aux oreilles. Ce sont là des choses du passé. Les forêts où l'on a passé avec son enfant, les arbres où l'on s'est promené, les couvents où l'on s'est caché, les jeux, les bons rires de l'enfance, c'est de l'ombre. Je m'étais imaginé que tout cela m'appartenait. Voilà où était ma bêtise. Ces Thénardier ont été méchants. Il faut leur pardonner. Cosette, voici le moment venu de te dire le nom de ta mère. Elle s'appelait Fantine. Retiens ce nom-là : Fantine. Mets-toi à genoux toutes les fois que tu le prononceras. Elle a bien souffert. Elle t'a bien aimée. Elle a eu en malheur tout ce que tu as en bonheur. Ce sont les partages de Dieu. Il est là-haut, il nous voit tous, et il sait ce qu'il fait au milieu de ses grandes étoiles. Je vais donc m'en aller, mes enfants. Aimez-vous bien toujours. Il n'y a guère autre chose que cela dans le monde : s'aimer. Vous penserez quelquefois au pauvre vieux qui est mort ici. Ô ma Cosette ! ce n'est pas ma faute, va, si je ne t'ai pas vue tous ces temps-ci, cela me fendait le cœur, j'allais jusqu'au coin de la rue, je devais faire un drôle d'effet aux gens qui me voyaient passer, j'étais comme fou, une fois je suis sorti sans chapeau. Mes enfants, voici que je ne vois plus clair, j'avais encore des choses à dire, mais c'est égal. Pensez un peu à moi. Vous êtes des êtres bénis. Je ne sais pas ce que j'ai, je vois de la lumière. Approchez encore. Je meurs heureux. Donnez-moi vos chères têtes bien-aimées, que je mette mes mains dessus.

Cosette et Marius tombèrent à genoux, éperdus, étouffés de larmes, chacun sur une des mains de Jean Valjean. Ces mains augustes[6] ne remuaient plus.

Il était renversé en arrière, la lueur des deux chandeliers l'éclairait ; sa face blanche regardait le ciel, il laissait Cosette et Marius couvrir ses mains de baisers ; il était mort.

6. Voir note 20, p. 41.

Mort de Jean Valjean.
Illustration fin XIXe siècle.

La nuit était sans étoiles et profondément obscure. Sans doute, dans l'ombre, quelque ange immense était debout, les ailes déployées, attendant l'âme.

VI. L'herbe cache et la pluie efface

Il y a, au cimetière du Père-Lachaise, aux environs de la fosse commune, loin du quartier élégant de cette ville des sépulcres[7], loin de tous ces tombeaux de fantaisie qui étalent en présence de l'éternité les hideuses[8] modes de la mort, dans un angle

7. Cimetière.

8. D'une laideur monstrueuse.

désert, le long d'un vieux mur, sous un grand if[9] auquel grimpent, parmi les chiendents[10] et les mousses, les liserons[11], une pierre. Cette pierre n'est pas plus exempte que les autres des lèpres[12] du temps, de la moisissure, du lichen[13], et des fientes d'oiseaux. L'eau la verdit, l'air la noircit. Elle n'est voisine d'aucun sentier, et l'on n'aime pas aller de ce côté-là, parce que l'herbe est haute et qu'on a tout de suite les pieds mouillés. Quand il y a un peu de soleil, les lézards y viennent. Il y a, tout autour, un frémissement de folles avoines. Au printemps, les fauvettes chantent dans l'arbre.

Cette pierre est toute nue. On n'a songé en la taillant qu'au nécessaire de la tombe, et l'on n'a pris d'autre soin que de faire cette pierre assez longue et assez étroite pour couvrir un homme.

On n'y lit aucun nom.

Seulement, voilà de cela bien des années déjà, une main y a écrit au crayon ces quatre vers qui sont devenus peu à peu illisibles sous la pluie et la poussière, et qui probablement sont aujourd'hui effacés :

Il dort. Quoique le sort fût pour lui bien étrange,
Il vivait. Il mourut quand il n'eut plus son ange ;
La chose simplement d'elle-même arriva,
Comme la nuit se fait lorsque le jour s'en va.

Cinquième partie « Jean Valjean », Livre neuvième, « Suprême ombre, suprême aurore », extraits des chapitres V et VI.

9. Arbre à fruits rouges.
10. Herbe vivace, nuisible aux cultures.
11. Plantes grimpantes.
12. Marques.
13. Végétal formé d'un champignon et d'une algue.

Repérer et analyser

Le narrateur et le point de vue

1 Relevez, dans les lignes 1 à 14, un commentaire du narrateur. Sur quoi porte-t-il ? En quoi ce commentaire annonce-t-il la tonalité du texte ?

2 Y a-t-il correspondance entre le moment où le narrateur écrit et le moment où se sont déroulés les faits racontés ? Justifiez votre réponse en vous appuyant sur des indices précis.

3 Quel point de vue le narrateur adopte-t-il dans les lignes 106 à 132 (chapitre VI) ?

La progression du récit

La mort du héros

La mort du héros est un motif romanesque qui constitue souvent le dénouement d'un roman.

4 Relevez les mots et expressions :
- qui soulignent que la fin est proche pour Jean Valjean (l. 7 à 22) ;
- qui signalent sa mort : l'évocation de la mort est-elle réaliste ?

5 Dans quel cadre cette mort a-t-elle lieu ?

6 Quels personnages sont à ses côtés ? Quels sentiments éprouvent-ils ? Pour répondre, relevez les mots et expressions qui renvoient à leurs émotions et à leurs gestes (l. 1 à 6 et 97 à 102).

Le cadre

7 **a.** Dans quelle ville et dans quel cimetière Jean Valjean repose-t-il (chapitre VI) ?
b. Relevez les mots et expressions qui caractérisent la tombe de Jean Valjean.
c. À quel endroit précis du cimetière cette tombe se trouve-t-elle ? En quoi cet emplacement est-il symbolique du parcours et du personage de Jean Valjean ?

Les paroles rapportées

8 **a.** Repérez le passage dans lequel Jean Valjean prend la parole.
b. Quelle part est consacrée au retour en arrière ? Quels faits Jean Valjean rappelle-t-il ? Quels sentiments et émotions exprime-t-il ? Appuyez-vous sur les types de phrases.
c. Quelle révélation Jean Valjean fait-il à Cosette ?
d. Quel effet les paroles de Jean Valjean peuvent-elles produire sur Cosette ? et sur Marius ?
e. Pour quelle raison n'y a-t-il pas de dialogue entre les personnages ?

Le parcours de Jean Valjean

Les dernières volontés

9 De qui Jean Valjean se préoccupe-t-il surtout alors qu'il va mourir ? Justifiez votre réponse.

10 Quelles sont ses dernières volontés :
- concernant les pauvres ?
- concernant Cosette et Marius (l. 85 à 88) ?
- le concernant lui-même ?

11 Pour quelle raison n'y a-t-il pas de nom sur la tombe de Jean Valjean ? Appuyez-vous pour répondre sur le parcours du héros et la symbolique du nom (voir la leçon, p. 15).

La dimension religieuse

Hugo défend les valeurs spirituelles contre le matérialisme et l'athéisme. Dans *Les Misérables*, il cherche à montrer la progressive victoire de l'âme et celle de Dieu à travers la figure de Jean Valjean.

12 Montrez que Jean Valjean est revenu à Dieu. Pour répondre :
- relevez les mots qui évoquent la grandeur de son agonie (l. 7 à 17) ;
- dites pourquoi les chandeliers ont une telle valeur pour lui, dites à quel personnage ils sont associés et quel a été le rôle de ce personnage dans la vie du héros (aidez-vous du résumé, p. 7-8) ;
- relevez le champ lexical de la religion (l. 1 à 105) ;

– relevez le champ lexical de l'ombre et de la lumière (l. 7 à 14 puis 92 à 105) ; quelle en est la symbolique ?

13 Relevez la phrase qui laisse présager que l'âme de Jean Valjean monte vers Dieu.

La visée

14 **a.** Quelle image le narrateur donne-t-il de Jean Valjean dans cet extrait ? En quoi rappelle-t-il, à travers ses souffrances, la figure du Christ ? Appuyez-vous, pour répondre, sur l'ensemble de vos réponses.
b. En quoi le parcours de Jean Valjean est-il marqué par la présence de Dieu ?

15 Quels sentiments le narrateur cherche-t-il à susciter chez le lecteur dans cet extrait ?

Écrire

Écrire une lettre

16 Rédigez la dernière lettre de Jean Valjean à Cosette.

Visiter

17 Si vous en avez l'occasion, vous pouvez visiter le cimetière du Père-Lachaise à Paris. C'est un immense musée de sculptures en plein air, où reposent des célébrités littéraires, musicales, artistiques, politiques, militaires et beaucoup d'inconnus.

Questions de synthèse

Les Misérables

L'auteur et le genre de l'œuvre

1 À quelle époque Victor Hugo a-t-il vécu ?

2 Quelles grandes causes a-t-il défendues dans sa vie ?

3 Citez deux passages qui relèvent respectivement du roman historique et du roman policier.

Le narrateur et le point de vue

4 Définissez le statut du narrateur.

5 **a.** Les interventions du narrateur sont-elles nombreuses ? Relevez-en quelques-unes qui présentent un intérêt différent que vous préciserez.
b. Quelles relations ces interventions tissent-elles avec le lecteur ?

6 Y a-t-il correspondance entre le moment où le narrateur écrit et le moment où se sont déroulés les faits racontés ?

7 Montrez, en citant des exemples, que le narrateur varie les points de vue omniscient et interne (précisez alors à travers les yeux de qui il raconte ou décrit).

La structure de l'œuvre

8 **a.** Quel est le titre de chacune des cinq parties du roman ou des trois dernières parties (si vous n'avez étudié que le tome II).
b. Montrez que les parties sont divisées en livres et en chapitres. À quels endroits ces indications sont-elles données ?

Le cadre, le rythme et la progression du récit

9 À quelle époque l'action débute-t-elle (aidez-vous du résumé, p. 7-8). Quand se termine-t-elle ? Combien de temps s'est approximativement écoulé entre le début et la fin du récit ?

10 Dans quelle ville l'action se déroule-t-elle, dans les trois dernières parties du roman ?

11 Quels événements historiques sont évoqués ?

12 **a.** Quels sont les principaux événements racontés ?

b. En quoi la rencontre de Marius et de Cosette constitue-t-elle une rupture ?

13 **a.** Le récit suit-il l'ordre chronologique ? Justifiez votre réponse.

b. Y a-t-il des retours en arrière ? Sont-ils plutôt dans les passages narratifs ou dans les dialogues ? Justifiez votre réponse.

Les personnages

Jean Valjean

14 **a.** Retracez le parcours de Jean Valjean en montrant sa progression du Mal vers le Bien.

b. Montrez, en vous appuyant sur des exemples précis, que son parcours est fait de souffrance physique et morale.

c. Montrez que Jean Valjean reste un personnage exclu.

d. Il s'était fixé pour idéal de « sanctifier sa vie [...] et revenir à Dieu ». Considérez-vous qu'il ait atteint son idéal ? Pourquoi ?

Marius

15 **a.** Dans quelles circonstances rencontre-t-il Cosette ?

b. Pour quelles raisons participe-t-il à l'insurrection de juin 1832 ? Quelle cause embrasse-t-il ?

c. Quelle relation entretient-il avec Jean Valjean ?

Cosette

16 **a.** Retracez le parcours de Cosette.

b. Ce personnage a-t-il une grande consistance dans les trois dernières parties du roman ? Justifiez votre réponse.

Gavroche

17 **a.** Quelle image est donnée de Gavroche ? De quoi est-il le symbole ?

b. Montrez qu'il a réponse à tout par de bons mots.

c. De quel côté se trouve-t-il quand éclate la révolution de juin 1832 ? Dans quelles circonstances meurt-il ?

Thénardier

18 **a.** En quoi peut-on dire que Thénardier a fait le parcours inverse de Jean Valjean ?
b. En quoi représente-t-il ce que Jean Valjean aurait pu devenir ? Quelle chance Thénardier n'a-t-il pas eue par rapport à Jean Valjean (aidez-vous du résumé, p. 7-8) ?

Javert

19 **a.** Quelle image est donnée de Javert tout au long du roman ?
b. Quel rapport entretient-il avec Jean Valjean ?
c. Pourquoi son suicide était-il inévitable ? Que révèle-t-il de sa personnalité ?

Les symboles

20 Comment interprétez-vous, sur le plan symbolique, les identités multiples de Jean Valjean et le fait qu'il revienne à son « vrai » nom à la fin du roman ?

21 À quelle réalité sociale renvoient le prénom de Gavroche et les différentes identités de Thénardier ?

22 Que symbolisent l'ombre et la lumière dans le roman ?

La signification du roman et les visées

23 **a.** Quel est le sens du titre *Les Misérables* ?
b. Dans quels passages le narrateur donne-t-il particulièrement la parole aux opprimés ?

24 Montrez, en citant des exemples précis, que la fin du roman voit triompher la vérité.

25 **a.** Quelle image Victor Hugo donne-t-il de la vie (notamment à travers le parcours de Jean Valjean) ? et de la mort ?
b. Quelle est l'importance de Dieu dans le roman ?

26 Quelle image Hugo donne-t-il des révolutionnaires de 1832 ? Pour quel idéal combattent-ils ?

27 Selon Hugo, sur quelles valeurs peut-on bâtir un monde meilleur ?

Index des rubriques

Repérer et analyser

Table des illustrations

2h	ph ©	Archives Hatier
2b	ph ©	Bridgeman Giraudon
4	ph ©	Archives Hatier
9	ph ©	Bridgeman Giraudon
13	ph ©	RMN / Bulloz
22	ph ©	BNF, Paris
37	ph ©	Christophe L
55	ph ©	Kharbine-Tapabor
75	ph ©	Kharbine-Tapabor
80	ph ©	Christophe L
94	ph ©	Bridgeman Giraudon
107	ph ©	Christophe L
119	ph ©	Christophe L
127	ph ©	Kharbine-Tapabor
151	ph ©	Kharbine-Tapabor

et 14, 15, 16, 26, 27, 28, 33, 34, 35, 45, 46, 47, 52, 53, 59, 60, 66, 67, 68, 76, 77, 78, 83, 84, 89, 95, 96, 97, 102, 103, 108, 109, 114, 115, 122, 123, 128, 129, 135, 136, 137, 145, 146, 153, 154, 155 (*Le Rêve,* dessin de Victor Hugo, détail) ph © Archives Hatier

Iconographie : Hatier Illustration / Édith Garraud

Principe de maquette : Mecano-Laurent Batard

Mise en page : Domino

Achevé d'imprimer chez Mame à Tours - France (n° 03062201)
Dépôt légal n° 37482 - Août 2003